CARLABÊ

ISABELA NORONHA

# Carlabê
*Romance*

COMPANHIA DAS LETRAS

Copyright © 2024 by Isabela Noronha

*Grafia atualizada segundo o Acordo Ortográfico da Língua Portuguesa de 1990, que entrou em vigor no Brasil em 2009.*

*Capa*
Bloco Gráfico

*Imagem de capa*
Maria, de Cristina Canale, 2021, óleo sobre linha, 100 × 80 cm

*Preparação*
Ciça Caropreso

*Revisão*
Marina Nogueira
Márcia Moura

*Os personagens e as situações desta obra são reais apenas no universo da ficção; não se referem a pessoas e fatos concretos, e não emitem opinião sobre eles.*

Dados Internacionais de Catalogação na Publicação (CIP)
(Câmara Brasileira do Livro, SP, Brasil)

Noronha, Isabela
 Carlabê : Romance / Isabela Noronha. — 1ª ed. — São Paulo : Companhia das Letras, 2024.

 ISBN 978-85-359-3683-4

 1. Romance brasileiro I. Título.

23-181723                                                                 CDD-B869.3

Índice para catálogo sistemático:
1. Romances : Literatura brasileira                         B869.3

Cibele Maria Dias – Bibliotecária – CRB-8/9427

Todos os direitos desta edição reservados à
EDITORA SCHWARCZ S.A.
Rua Bandeira Paulista, 702, cj. 32
04532-002 — São Paulo — SP
Telefone: (11) 3707-3500
www.companhiadasletras.com.br
www.blogdacompanhia.com.br
facebook.com/companhiadasletras
instagram.com/companhiadasletras
twitter.com/cialetras

*Para os meus irmãos, Júlio e Débora*

**Anexo 23 do Inquérito Policial n. 44451/2018 — SP**
Trechos degravados do arquivo de áudio "ARQ. 2625234.mp3", extraído do pen drive n. 2345678, apreendido conforme Termo de Apreensão n. 2607/2018 (f. 29 deste apuratório) e submetido à perícia no Instituto de Criminalística da Polícia Técnico-Científica (Laudo Pericial 1523/2019, f. 30/75 deste inquérito). A mídia original encontra-se arquivada na Secretaria da 9ª Vara Criminal da Comarca de São Paulo/SP.

**Anexo 24 do Inquérito Policial n. 44451/2018 — SP**
Fac-símile de manuscritos do objeto n. 2327228, apreendido conforme Termo de Apreensão n. 2610/2018 (f. 43/55 deste apuratório), submetido à perícia no Instituto de Criminalística da Polícia Técnico-Científica (Laudo Pericial 1524/2019, f. 76/89 deste inquérito). O caderno encontra-se arquivado na Secretaria da 9ª Vara Criminal da Comarca de São Paulo/SP.

*[áudio 1]*

Vou pegar a sua água. Você quer mesmo? Está com essa sede toda ou era só uma desculpa para vir aqui em cima? Apurar os fatos? Você não acreditou em mim. *[risos]*. Eu conheço *[tosse]*, conheço os expedientes todos. Captei você no ato, jovem. Reconheço um igual. Você é de que veículo? Tem que dizer antes de fazer perguntas. Falar o nome, o jornal, de *[sirene, inaudível]*. Não estou falando só por mim. Para dona Ó, por exemplo, você se identificou? Se não, deveria ter se identificado. *[\*\*\*]* Como quem é, Dona Ó, aquela senhora com quem você falava. *[\*\*\*]* Isso, a vizinha. *[tosse, tosse]* Eu vi vocês conversando logo antes de você vir para cá. Acha que eu sou tonta? Senti alguma coisa ali no fim do papo, na maneira como ela me olhou, ela me viu chegando, me viu primeiro do que você. Me viu, se virou para você e falou *[ônibus, inaudível]*, insinuou que eu sei de alguma coisa, talvez, hã? Deu essa impressão. Aquela lá vai poder dizer mais, não foi isso que ela te falou? Mais ou menos? Hein? *[\*\*\*]* Algo *[tosse, tosse]*, algo assim? Me conte, jovem. Dessa maneira a gente começa esse jogo do mesmo lado do campo. Já estamos, porque, veja, eu sou jornalista, eu fui. Conheço os expedientes todos, te disse. Foi dona Ó que te falou o nome? *[\*\*\*]* O nome dela *[tosse]*, da minha *[tosse, tosse]*, da minha *[\*\*\*]* Isso, da jovem que morava *[sirene, ininteligível]*. Como você sabia o nome? Ei? Está me ouvindo? Ei. Ei. Você me ouve ou quer apenas olhar lá para baixo? O corpo segue coberto, segue imóvel, sem alma, tão vazio quanto este apartamento, não se iluda. *[\*\*\*]* Mas quem falou em crime, jovem? Conversei com algumas pessoas lá na rua também, um cadáver bem embaixo da minha janela, acha que não fui atrás da notícia? *[\*\*\*]* Posso, posso dizer, ninguém sabe, ninguém viu, jovem, e o corpo segue *[janela sendo* *fechada, ininteligível]*. Fui jornalista, eu te disse. *[\*\*\*]* Rádio, basicamente. Anos e anos, por isso te digo de novo, você deu sorte. Eu conheço. Sei por exemplo que você está gravando nossa conversa há um tempo com esse celular aí no parapeito. Não te ensinaram? Você devia ter me avisado, pedido autorização. Posso te processar. Como o nosso jornalismo se degradou. Você se identifica primeiro, depois pede autorização para gravar e então pergunta o nome da fonte, idade, cidade, é essa a ordem. *[\*\*\*] [risos]* Autorizo, está autorizado *[risos] [\*\*\*]* Vamos lá. Posso falar? Não quer trazer o celular-gravador aqui mais para perto? *[\*\*\*]* Certo. Saramara Montandon. *[\*\*\*]* Não, o sobrenome do meio é Castro. De Castro. Sou de ascendência espanhola, jovem. *Cariño [risos]*. *[\*\*\*]* Pode pôr sessenta, ok, sessenta. Por fora. Porque por dentro, te digo, tenho um cansaço de séculos. E sabedoria *[risos]*. Sei muito mais do que esses sessenta, ok, pode pôr sessenta *[risos]*. Vivi bem, veja *[tosse]*, natural de *[tosse, tosse]*, jovem, eu sou daqui e não da cidadezica em que nasci e cresci, o lugar para onde volto amanhã. *[\*\*\*]* Por que a surpresa? Amanhã parto, amanhã retorno. *[\*\*\*]* Minas, mas só conto a cidade se você me prometer que não vai atrás de mim lá *[risos]*. Mas me conta um pouquinho do que você sabe. Foi dona Ó que te falou o nome dela? *[\*\*\*]* Não sei se acredito em você. *[ruído não identificado]* Escute, mal nos conhecemos, e eu venho sendo generosa. Viu o apartamento? Viu como está nu? Eu disse a verdade, nem eu nem ela moramos mais aqui *[tosse]*. *[\*\*\*]* Sim, a água. Pego agora, cadê a sua garrafa? Ah, certo, já pus ali. Da torneira, ok? A geladeira o rapaz já veio buscar na outra semana. *[\*\*\*]* Logo antes. Logo antes de ela partir. *[\*\*\*]* Eu não sei, jovem. Por que saberia, estamos falando de uma adulta, maior de idade, e, veja, por que te contaria se soubesse? *[\*\*\*]* Mas ela não era minha sobrinha *[risos]*. É claro que não

era, só dona Ó para acreditar, ou fingir acreditar, nessa lorota.
Isso foi ela que te falou, tenho certeza. Viu, perceba como não
se pode acreditar em fontes secundárias, no que se escuta na
rua. [***] Uma amiga. Morávamos juntas. [***] Desculpe,
desculpe interromper. Por que eu te falaria sobre ela? É preciso
pôr panos quentes. Antes da navalha, entende. Mastigar,
mastigar e então engolir [tosse]. Eu diria para você ficar à
vontade, relaxar, mas como você vê nem cadeira, nem mesa,
nem sofá mais... Sente o cheiro? Baunilha, lavanda, frutinhas.
Principalmente baunilha. O cheiro dela. Você sabe, o cheiro
são moléculas que se desprendem de algo. Então, nesse
sentido, ela segue aqui, sim. Sua água. [***] Respire fundo,
vamos, inspire, inspire, você vai sentir. Isso. Sentiu? [***]
Ela odiava cheirar à carne, trabalhava no açougue [tosse].
Carregava o frasco de colônia na bolsa. Deve ter explodido um
vidro. [***] Por que não? Um vidro inteiro, sim, aqui dentro
antes de ir embora. Eu vejo: ela da porta do banheiro atira o
frasco no chão, no meio da sala, seu último grande ato antes
[tosse, tosse] de ir embora. Uma granada de cheiro bom!
Ninguém suporta. Talvez por isso ela tenha deixado a janela
[tosse] tão aberta. Estourou o frasco, tentou juntar os cacos,
cortou a mão, viu o sangue e percebeu o excesso, o machucado
ardeu. Tentou consertar. Arrancou uma folha do caderno, este
caderno, jovem, este caderninho que ela não abandona nunca,
a não ser quando o deixa para mim. Tirou dele uma folha
e juntou os cacos, não enxugou o perfume. O perfume ela
deixou. [***] O caderno também. [***] Sim, pertencia a ela.
[***] Agora é meu, claramente, ela o deixou para [***]
Desculpe, mas negarei isso a você, jovem, infelizmente.
É muito pessoal [***] Esqueça, esqueça ela limpando o chão
com a folha. Não sei como não há cacos aqui, mas ela, veja, ela
não costuma se assustar com nada do que faz, se arrepender.

A vida dela é uma constante para a frente. *[\*\*\*]* Certo, como
a nossa, como a nossa. Mas ela aceita isso, entende. Não se diz
o contrário, não remói, não se convence de que há alternativas.
Então, a janela aberta era um plano de ataque, de ocupação.
Meu bebê queria que o cheiro saísse bairro afora, cavalgando
as partículas dessa poeira infinita, levando-a a todos os cantos
e misturando-a a todos os habitantes deste centro, antes de ir
embora. *[tosse, tosse]* Não, não, não, esta sou eu. Sou eu que
gostaria de me espalhar por aí. Amanhã vou embora, vou voltar
para a minha cidade. *[tosse]* É habitual que a gente se pergunte
ao partir: o que fica de mim? Deixo alguma coisa? Ela é da
miudeza. Deixou o cheiro. *[\*\*\*]* Sim, e o caderno. Deixou
o caderno para mim. Era este o colchão em que ela dormia.
Quer se sentar nele? Dê cá a sua mochila. *[\*\*\*]* Então não,
mas tire-a das costas, jovem, um tico só não fará de você um
repórter pior, isso, fique à vontade. Não me sento porque não
me levantaria depois. Não acha que joelhos são uma
enganação? Fingem sustentar tudo, mas, ah, que perfeitas
porcarias. Qualquer coisinha eles despencam. *[...]* A gente
compartilhava esse apartamento. Ela dormia na sala, bem aí,
onde você está. O rack ali, o sofá aqui. *[\*\*\*]* Escute, ela foi
embora, ela quis ir. E não foi de repente, eu não diria isso.
*[\*\*\*]* Há uns dias, quarta passada. *[\*\*\*]* Sim, da semana
passada. *[\*\*\*]* Neste apartamento, combinamos, viemos.
Eu não moro mais neste bairro, e ela tinha saído também, não
morava mais aqui. *[\*\*\*]* Não, ela estava em outro lugar, mas
no bairro ainda, morava a poucas quadras. A gente marcou
e se encontrou, depois não a vi de novo. O que dona Ó disse
a você? *[\*\*\*]* Eu não me importo de falar. Eu quero falar sobre
Carlabê, vou falar. Mas vamos fazer assim. Você também. Essa
jogada que você ensaia nessas evasivas sem jeito não funciona
comigo. Jovem? Você tem outro aparelho? O que você tanto

digita nesse celular? Com quem está falando? É sobre ela? [***] Escute. [***] Escute um minuto. *[apito, celular]* E plim! Você recebeu uma mensagem! Leia, espero você ler. [...] Pronto. Agora coloque o aparelho no bolso. Isso. [***] Um minuto, um minuto. Sua atenção total aqui, nos meus olhos, assim, jovem, assim. Vamos fazer um jogo, na hora em que eu disser já, eu digo o que sei e você diz o que sabe. Jovem. Jovem. Vamos lá. [***] Opa, está gravado, hein, está gravado que você concordou. Preparado? Um dois e [...] já! [...] *[risos]* Nós dois *[risos]*, nós dois pensamos o mesmo *[risos]*, pensamos a mesma coisa. Que ardilosos somos. Mais espertos que a média da espécie. Você não cai na minha nem eu na sua. Mas a verdade é que você pode saber algo sobre ela, mas não sabe o que eu sei. Eu sei o que importa, posso falar horas sobre Carlabê e ainda não a terei dito inteira. Escute, não acredite no que ouviu por acaso na rua, já te disse. Ela desejou e partiu. Prova disso é que deixou este cheiro aqui, para mim. [***] E o caderno. [***] Um presente, sem dúvida. São escritos que conheço, cartas que já li. Cartas que a bem dizer ajudei a compor. Por isso talvez possa declarar, deva declarar, que ela aqui não me dá nada, me devolve alguma coisa. [***] Certamente, íntimos. [***] Não, eu sinto muito, muitíssimo, jovem, eu não poderia... E o celular dois apitou de novo, quer checar? Pode checar [***] Entendo, mas [***] Por que essa fixação repentina? Ou não é repentina? Com quem você andou falando? Com quem você está falando agora? Não se esqueça, há um corpo na calçada. É essa a sua matéria. Essa deveria ser a sua obsessão, sei que é a do seu editor, aposto que essas mensagens são dele botando pressão. [***] Os escritos de Carlabê não vão ajudar em nada. [***] São retalhos, entende, ela não tinha método, não punha datas. Escrevia às vezes duas, três no mesmo dia, de manhã ao acordar, de noite, a qualquer momento. *[\*\*\*]* Ora, sim, tem uma sequência, mas compreenda, veja, no máximo eles servirão como ilustrações de alguma *[\*\*\*]* Entendo *[\*\*\*]* *[risos]* É claro, é claro, mas *[\*\*\*]* Veja você! Me seduzindo. Jovem, meu querido, *cariño* *[tosse]* Estou doida para cair no seu gogó. Mas sei bem por que quer ver o caderno. Pouparei seu tempo: não é Carlabê lá embaixo. Aonde você vai? *[\*\*\*]* Mas de novo? Quem falou em crime? Escute, me fale o que te contaram. Hein? Jovem? *[\*\*\*]* Não estou na frente. *[\*\*\*]* Pronto, pode passar, vá, se quiser, a porta nem trancada está. *[\*\*\*]* Espere, veja, veja, ok. Abrirei o caderno. Abrirei e assim você verá, Carlabê não estava feliz, então ela foi *[tosse, tosse]* embora. Abrirei o caderno, mas ele não sai das minhas mãos, ok?

*Essa mensagem é para você abelardo as outras também vou*
*Escrever mais cartas*
*Não sei quantas foi ideia da saramara*
*Escreve para ele ela falou*
*Não sei o que falar fala o que quiser do seu dia qualquer coisa*
*Fala das suas raivas não tenho raivas escreve e você vai ver*
*Tem*
*Assim vai indo ele não vem fica longe*
*Não não falou longe falou controlado você fica controlado*
*O gonsalves não*
*Te nota*

[*áudio 1, cont.*]

Carlabê começou essas anotações por sugestão minha, mas, repare, ela gostava, empilhava as palavras, uma sobre a outra e assim as tirava de cima dela. Respirava. Nessa primeira, ela não pôs cabeçalho, não há datas. As seguintes ela por conta própria chamou de cartas, embora não fossem exatamente isso. Em geral, eram endereçadas ao irmão. Escreva *[tosse, tosse]*, escreva, eu disse. Ela escreveu. Mas só me ouviu até aí.

*Carta*
*O cordão já tirei*
*Pesa 0,14 o cordão e o pé*
*Pesam*
*Saramara lê essas mensagens*
*Uma frase ao lado da outra ela pediu*
*É o correto gasta*
*Menos papel*

[*áudio 1, cont.*]

Fiz umas correções bobas. Eu escrevia em uma folha à parte, jamais violaria o caderno dela. A escrita dela. Eu reescrevia e dava para ela copiar, entende? Palavras aqui e ali, a grafia basicamente, foi o que consegui. Mas meu interesse estava fora de mim, eu queria conseguir dizer, que Carlabê conseguisse dizer. [\*\*\*] Qualquer coisa, o que lhe viesse à veneta. [\*\*\*] Para se ver, ora, jovem. Para existir! Existir para si mesma, se ouvir. Prova disso é que mantive intacto o centro de suas histórias, ainda que em muitos momentos elas dissessem, entenda, não chegavam a ser inverdades, mas uma visão parcial — sobre mim, inclusive. Me diga, jovem, quem tem a visão inteira? [\*\*\*] Não! Errou! Nós, daqui de cima! Nós temos a visão inteira. Aquele corpo lá embaixo, bem na mira da janela. Polícia já veio, polícia já foi. Nem sei se retorna, não costuma [*ininteligível*]. Vem direto o rabecão e recolhe o pacote. Não é meu primeiro corpo. É o seu? [...] Jovem, se continuar a responder minhas perguntas com esse sorrisinho não vou resistir. Tenho um fraco, entende [*risos*] Como você é sério, jovem. Ou será que estou menosprezando a sua timidez? É como Carlabê. Ela não gostava de me ver lendo essas mensagens. Não que temesse minha reação ou que se envergonhasse dos erros, era com a essência dos relatos. É como me ver sem roupa, ela me disse uma vez. Os fragmentos do seu dia na página, secos, concretos dizendo e dizendo dela, dos seus pensamentos, seus desejos escritos, presos no papel, olhavam para ela. Olhavam para mim e, agora, olham para você. E nessa troca de olhares [*ininteligível*] às sextas, como ditava o costume que criei para nós, eu corrigia suas anotações. [\*\*\*] Ela deixava o caderno para mim em algum dia da semana, fechado, como o encontrei no colchão. [\*\*\*] [*tosse*]

18

Às sextas no meio da tarde, *[tosse, tosse]* pois ela ainda estava no açougue. Eu abria o caderno e meu bloco lado a lado, escancarava as janelas, enchia um copo, acendia um cigarro *[...]* um ou dois. Era só nesse momento, entende? Não fumo há vinte e seis anos. Feita a correção, eu ligava minha música, dançava, expurgava. Dependendo da canção, o caderno era meu par *[risos]*. Eu te divirto, diz a verdade, jovem, imagino o que está pensando. Essa velha louca. Era um ritual, entende? Vocês jovens costumam fugir de coisas assim. Vão correndo, sumindo no horizonte, sem saber que, justamente, vão chegar a esse exato ponto. O ponto em que também terão suas mandingas, suas necessidades etéreas. E não terão vergonha delas. *[\*\*\*]* Raramente. Nunca, posso dizer, nunca falava com ela sobre os textos, não queria que se encolhesse. Cortava, sugeria, explicava e lhe dava as folhas para passar a limpo no caderno, a seu tempo, no tempo dela. Ela passava, vejo aqui. Vejo também os erros a que se apegava ou os erros que não a deixavam, as correções feitas por ela mesma em cima do texto. Seriam os erros insistentes um tipo de demonstração? De que estava aprendendo, entende. Não deixa de ser bonito. *[...]* Quando me olha assim *[tosse]*, o que já apurou? Por que não me conta o que sabe? *[\*\*\*]* Ah, jovem *[janela sendo aberta] [bate-estacas, serra policorte, buzina]*, a morte chegou ao nosso pedaço. Chegaria mesmo, por que nos pouparia? Você sabe a identidade do cadáver lá embaixo? É isso o que você sabe? *[\*\*\*]* Escute, você tem o contato de algum delegado? *[\*\*\*]* Os que eu tenho não funcionam mais *[tosse, tosse]*. Essa poeira no ar é a verdadeira notícia, eu acho. Ela embaça a vista, de noite então é um véu mais grosso, um véu sobre o véu da noite. Aqui no centro é ainda pior. É o pior lugar da cidade, o pior. Já mediram, trouxeram o respirômetro. Sabia? É esse o nome do aparelho que mede as partículas do ar. Trouxeram aqui e não deu outra, é o pior lugar para se estar. Respirômetro: se escreve como se fala. [\*\*\*] Não é à toa [tosse, tosse]. E agora um corpo. Bem debaixo do nosso nariz e da janela da sala, debaixo também da lona da polícia e logo mais debaixo da terra. Sete palmos. Sete palmos uma ova, que estamos no Brasil. Isso dá o quê? [\*\*\*] Cento e sessenta centímetros, obrigada. Um metro e sessenta, uma de mim inteira abaixo do chão. Enterrada de pé. Se é que é essa a medida. Alguém já confirmou com um coveiro? Quanta porcaria repetimos e repetimos. [buzina, bate-estacas] Esqueça. Isso não muda nada. Está lá o cadáver. [\*\*\*] A última vez foi quarta passada, da outra semana, eu já não disse? [\*\*\*] O caderno não, achei no domingo, fechado sobre o colchão, como te falei. [\*\*\*] Você ainda não me disse quem te contou o [serra policorte, ininteligível]. [\*\*\*] Preservar o quê? [risos] Jovem, você vê muito filme americano [tosse]. Faz assim então: não diz. Pisca uma vez se foi dona Ó. Ahá! Foi dona Ó, tenho certeza. [\*\*\*] Não me venha, ah, por favor. Dona Ó, quem diria. Bem suspeito, não acha? Ela me apontar assim e depois sair vazada. Jovem? Tenho a sua atenção? Mas você não desgruda desse aparelho, deixe o seu editor um pouquinho, faça-o esperar. [\*\*\*] Hum? [\*\*\*] Ah, o caderno, o caderno. Não pode publicar nada, ok? Carlabê não se sentiria bem. Não se sentirá. Minha fala, sim, pode usar, use como lhe aprouver. Serei digna de decupagem? Espero ser, jovem. Se você tiver esperteza. O editor com aquela pauta safada, cobrir o quê, os novos radares da CET? É cada uma. Pois você pode dizer: eu iria, mas preciso terminar essa decupagem [risos].

Carta
0,14 pesam cordão e pé do todi   a balança digital chegou
De manhã novinha
A primeira coisa que eu fiz   mentira a primeira coisa
Foi esperar o
Zé maria
Zé murrinha
Zé morrido
Se enfiar na câmara separar costelas para fatiar ia me encher
Se visse na balança ainda com o plástico no mostrador
Um pé de coelho   um pé de um coelho morto mais de 20 anos
Nunca tive saudade só guardo esse nome   todi
E a pata marrom uns pelos brancos
Todi
Devia ser certeza era um coelho viralata o todi é a minha
Primeira lembrança nossa
O todi na gaiola você não parava solta ele falou tanto abri a
Portinha peguei o todi no colo você falou deixa o bicho no chão
Deixa deixa deixei o todi correu como devia   feito maluco
A mãe loka gritou o coelho o todi roendo os pés de alface
O coelho   pega o coelho   tira o coelho
Você com a vassoura na mão quando vi
Vi os pedaços de alface no chão sujos de terra e gosma
Vi o todi a cabeça esmagada
Um cheiro
Menina você vai se ver
A mãe vindo a vassoura no chão perto de mim você escafedido
Abelardo
Me deixou
Mamãe me pescou num beliscão me arrastou pela escada
Para o quarto
Foi o abelardo

Você
Foi o abelardo
Você falou para abrir a gaiola
Você falou para deixar o todi ir
Vc bateu nos pés de alface da mãe bateu no todi
Quando vi vi o todi esmagado os pés de alface em pedaços
A mãe me trancou no quarto
Me sentei na sua cama caí no sono exausta te odiei abelardo
Te odeio
Acordei tarde o pé do todi debaixo do
Travesseiro
O sangue preto e a terra do quintal ainda nas unhas
Não importavam nem o fedor
Estava pronto
Aquele pé seria meu pé ia andar comigo
Rezei a mãe viu abriu a porta viu o pé na minha mão
Me fez entregar o pé do todi para ela devolveu
Muitos dias depois
Limpo escovado unhas aparadas preso em um metal
Com um furo para o cordão de couro
Pendurou no meu pescoço para não tirar nunca
Para ter sorte tive cheguei até
Aqui
Chegamos
Mas tirei o colar

Carta
Não foi fácil tirar o colar do pescoço  a balança digital chegou
Cedo novinha
A segunda coisa que fiz foi começar a tentar
Tirar
Começar
A tentar
Tirar o pé do todi do meu pescoço   zé morrido lá para dentro
Gonsalves nas incertas
Dele
Cadê que o nó soltava não soltava  passei
Banha
Zé morrido gritou traz a rabo de galo
Me fiz de sonsa  pra que eu perguntei  para a desossa
Baiacu  ele pôs força no u
Levei a faca voltei com a certeza de cortar o cordão ali mesmo
Passasse alguém na rua capaz de ter a ideia errada
Uma mulher com a faca no pescoço
Fodace

[*áudio 1, cont.*]

[*tosse, tosse*] Ela chegou em casa e eu já estava lá. Meus óculos no rosto, eu lia uma das minhas revistas, ainda costumo comprar, não consigo resistir [*risos*]. Carlabê [*tosse*] abriu a porta e em seu rosto não havia paz. Ela me deu oi e foi direto para o banheiro. Era assim. [*serra policorte, bate-estacas*] Comentei com você, ela trabalhava em um açougue, odiava cheirar a degradação lenta, àquela mistura de porco, boi, galinha morta, todo esse blend de podridão. Segui minha leitura, porém estava difícil me concentrar nos *Melhores signos para o sexo* quando me lembrava da feição perturbada do meu bebê [*risos*]. Foi um banho curto, mais curto que o normal. Ela se trocou no banheiro e apareceu na sala. E foi aí que eu vi. E te digo, jovem, confesso, me culpei por não ter reparado antes que ela tinha tirado o cordão. Aquele pé de coelho pesava em seu pescoço. Feio, despelado, sem razão de ser. [*helicóptero*] Talvez naquele dia o banho tenha sido mais rápido porque Carlabê não precisou dedicar algum tempo no boxe para ensaboar, esfregar e lavar o pé e o cordão, que ela nunca tirava do pescoço. Eu nem perdi tempo com perguntas, só disse: O seu colar... Mas Carlabê raramente mordia a isca na hora. Conversar com ela era pescaria. Jogar um anzol e esperar, torcer para algo puxar a linha. Tirei, ela disse. Mas isso eu podia ver, certo, jovem. Eu podia ver! Daí o meu silêncio, meu espanto. Carlabê deitou seu colchão no chão e se sentou nele. Estava fazendo meu pescoço coçar, ela falou. [\*\*\*] Fiquei, sim. Não porque estava coçando. O que me surpreendeu foi ela ter tirado aquela coisa. [\*\*\*] Então Carlabê se viu, *pobrecita*, se viu obrigada a se justificar, não era bonito, ela disse. Eu ri, não me contive [*risos*], ri como estou rindo agora. Só pude dizer que já tinha falado isso há tempos para ela, que aquele

troço não fazia boa figura, não caía bem, entende, jovem?
[***] Era o que eu achava, *cariño*, fazer o quê? Mas sabia que, para ela, não era só um cordão. Por isso não a provoquei mais. Ficamos com essa minha última frase e a TV, que ela ligou no jornal. É preciso conhecer as pessoas, minha mãe dizia. [***] Quero dizer que eu sabia que havia outro motivo para ela tirar o cordão, aquilo era parte dela. Fiquei mais atenta a suas idas e vindas. Uma noite, antes de ela chegar, admito, procurei o pé de coelho entre as roupas dela e não o encontrei. [***] Olhei, como posso dizer, por cima. Ela não tinha muita coisa, entende? Cabia tudo no rack. Mesmo assim não encontrei. Eu ainda não sabia que ela andava com o cordão no bolso. Uma ideia infantil achar que Carlabê poderia se separar daquilo. Só podia ter vindo do bigode mesmo. [***] O bigodudo do açougue, o amante dela. Nada continha Carlabê, ela dava um jeito, era safa. Por isso, jovem, não se apegue a este fato: ela não estar aqui e haver um corpo lá embaixo. Coincidência puta *[risos]*. Eu ia dizer coincidência pura. Não vá escrever isso no jornal, certo? No jornal cabe *[tosse]* sacanagem com criança, sacanagem com mulher, com pobre, com preto, sacanagens em geral, mas palavrão não pode. Carlabê gostava de sair e saía. Uma caminhante, eu diria andarilha, mas ela tinha onde morar. A mãe dela, a mãe dela *[tosse, tosse]* a mãe dela é que era, sabe. Pensando aqui agora, talvez Carlabê saísse para se encontrar com a mãe. Ou para ir buscá-la por aí. *[britadeira, bate-estacas]* Esse cheiro, jovem. Como você pode não estar sentindo? Penso que apenas nos desencontramos, eu e ela. Há mais de três semanas estou morando em um hotel. [***] Porque, ora, porque a proprietária pediu o apartamento, e eu ainda tenho o que fazer aqui, na maior cidade. [***] Mas a proprietária acabou se resignando a deixar por mais uns dias, e Carlabê foi ficando. [***] Ela me odeia, você pode imaginar,

a proprietária não compreendeu nada da minha situação, não aceitou que eu atrasasse, entende? Fiquei uns três meses sem pagar, depois paguei um pouco, aquela história. [\*\*\*] Porque, jovem, veja, eu também talvez tenha querido sair daqui, talvez, entende, depois de muita decepção, expectativas não atendidas, um hotel em outro bairro. Quem nunca teve vontade de fugir? Hum? Sair de casa para um hotel bem longe? [\*\*\*] Na Vila Mariana. [\*\*\*] Ora, você se achando tão esperto, que [britadeira, ininteligível]. Jovem, talvez porque eu conheça a gerente, talvez ela me deva um favor, uma matéria que eu fiz, ou não fiz [risos] [\*\*\*] Escuta, você pergunta demais. Pare um pouco, respira fundo, vamos, puxe o ar. Isso! E agora, sentiu? [\*\*\*] O caderno eu encontrei no domingo, [tosse] quando vim aqui. [\*\*\*] Não, da presente. Desta semana. [\*\*\*] Jovem, a semana começa no domingo. Desta semana. [\*\*\*] Não, na quarta passada, aí, sim, da semana anterior, eu me encontrei com ela. [\*\*\*] Não, estive com ela, não com o caderno. Jovem, atenção: Carlabê não é este caderno. Este caderno é apenas parte dela. [\*\*\*] Ah, sim. Li, fiz as correções no domingo. Mas hoje pela manhã eu o encontrei de novo, tive esse prazer, e foi então que entendi: é um presente. [\*\*\*] Em cima do colchão em que ela dormia, como falei. Como eu tinha deixado. Pensei: mais um item para o meu museu, depois te conto do meu museu. Achei que era um acerto, como te disse, a devolução de algo do qual tínhamos a guarda compartilhada e que agora é só meu. Vou cuidar desse cadernínho. Captei o gesto, a vida é gesto, jovem, [buzina, ininteligível] a lisonja. Sei que Carlabê tinha apego, vejo o esforço dela nas páginas. [\*\*\*] Não, já fazia uns dias que ela não respondia minhas mensagens. [\*\*\*] Uma semana hoje, é, uma semana sem mensagens dela. [\*\*\*] Nem telefonema. [tosse, tosse] Tem sido difícil respirar. [sirene, britadeira] O que te falaram? Não ouvi bem. [\*\*\*] Ah, de novo o caderno [\*\*\*] Mas eu não posso. [\*\*\*] Jovem, agora você foi longe, escute. [\*\*\*] Escute, não estou impedindo; estou mostrando as páginas, você está lendo. Só não autorizo fotografar. [\*\*\*] Que graça teria? Vamos página por página. [\*\*\*] E você também não me responde, o que você me deu até agora? *[tosse]* Não precisa mais responder, não quero *[tosse, ininteligível]*. Eu posso mais. Posso te mostrar que Carlabê ainda está por aqui. Que segue neste bairro. Venha comigo, vamos ao açougue. Jornalistemos! Reportemos! Lá saberão dela. Digite aí no celular dois, mensagem para o editor, atrás de uma história quente. Esqueça aquele corpo sem nome, diga ao editor que mande outro jovem. Você poderá escrever sobre o reaparecimento de Carlabê, a volta dos que não foram! *[risos]* Que tal? [\*\*\*] Sim, precisamente. Daí você conta diretamente para ela, para a própria Carlabê, o que te contaram. Hein? Você vai ver a cara dela ao saber que virou assunto *[risos]*. Não tenha medo das pautas, criança. Essa é a lição número um.

Carta
Você ficou mais leve   a saramara falou aquele troço era
Feio o pé do
Todi
Depois saramara se trancou no quarto   vi TV
Outro filme uma correria me
Acelerou
Saí

*[áudio 1, cont.]*

Por que a demora? Jovem, você tem joelhos. Vamos! Levanta-te e anda! *[tosse]* Mais água? Está com uma carinha de sede. Ou é sede de saber? *[risos]* Venha. Venha ver, vamos encontrar Carlabê. Precisa de ajuda? *[\*\*\*]* Agora sim, isso. Venha. Veja uma última vez. O corpo solo, no solo. Ali jaz. E a cidade jaz também ao redor. A cidade jaz há mais tempo. Sem o direito de ser enterrada. Ou talvez seja essa a função de todo esse pó. Colocar sete palmos sobre ela, deixá-la descansar. Mas o corpo agora está tão só, protegido pelo manto *[serra policorte, ininteligível]* em frente à papelaria. *[\*\*\*]* Não viu no cartaz plotado na porta? Xerocam, imprimem e plastificam. Mas tem que vender brinquedos também. Não prevejo um bom dia de vendas. O que você acha? Ou o corpo vai é chamar mais gente ali, não sei. Vou confessar: tenho vontade de fazer companhia a ele. Por que esses olhos tão grandes, jovem? É só carne. *[\*\*\*]* Calma *[risos]*, calma isso aí não faz nada. *[risos]* Parou na parede, uma bruxinha de nada. Vejo que você é daqui, né? Ou de outra cidade? Um centro urbano? Outro menor, menos majestoso, mas ainda cidade. Você sabe, esse é um defeito adquirido, nasce como verruga quando a gente vem morar aqui. A pessoa passa a achar que cidade é isto aqui, as demais são roça. A minha com certeza era. E eu morava na roça da roça, em uma casa enorme, mansão mesmo, nos arredores, distante, veja, jovem, distante dez quilômetros do centro. E isso lá é mato. E vulcão. Acredita? Tem até vulcão. *[\*\*\*]* Inativo, claro! E na minha terra, jovem, esses bichos eram toda hora. E bem mais graúdos, se quer saber. Uma aranha do tamanho da sua mão, você chama de inseto? Aracnídeo? *[risos]* Bicho? Eram animais. E eu menina vivia entre eles, gostava de observar as aranhas gigantes em suas teias nas árvores, e os bichos pequenos também. Eu ficava pensando: o que um inseto faz por horas parado em uma parede branca... eles ficam lá quietinhos, imóveis naquela aridez. Não tenho a resposta e, olha, perdi a chance de perguntar. Entrevistei um entomologista uma vez. *[tosse, tosse]* Nós dois aqui parecemos isso, dois insetos. No alto da parede olhando lá para baixo, para a rua, observando o corpo, doidos para pousar nele. Chega! Ação, jovem, ação. Desçamos. Vamos encontrar Carlabê. Última chance: não quer mesmo mais água? Eu quero, falar me cansa. *[tosse]* Essa tosse *[tosse, tosse]*. Reparou? *[\*\*\*]* Mas a minha aguinha é diferente. *[\*\*\*]* Feche, por favor. Deixe fechada. Não é por causa dos bichos, não, não me incomodo com eles. É por causa da poeira *[tosse]*. E também, confesso, quero ficar com o cheiro dela. Feche tudo! Quero essa essência abaunilhada para eu ler de novo e de novo esse caderno surrado, até ela voltar. Ou dar alguma *[janela sendo fechada, ininteligível]*. Reparou na capa? *Love*. Carlabê escolheu um caderno com essa capa. *Love* dentro de um coração. Evidentemente, Carlabê sabia o significado da palavra em inglês. Mas se ela sabia o significado de amor, se acreditava nisso, só posso fazer suposições. Na idade dela, na sua idade, quem não acredita? *[\*\*\*]* Vamos, vamos. Vou trocar de roupa e saímos. Quero estar bonita para ela. *[porta batendo]*. As malas estão todas no quarto, eu trouxe porque *[ininteligível]*. E sendo hoje meu *[ininteligível]*, achei *[ininteligível]*. Três malas. Três malas com tudo que eu tenho, uma vida inteira aqui. O resto eu *[ininteligível]* porque precisei, jovem. Eu precisei. Algumas coisas eu dei para Carlabê, dei, e ela deveria ter vendido, poderia, mas passou *[tosse, tosse]* para a frente. Eu ainda queria *[ininteligível]* nela antes de ir embora, e, como você, fui surpreendida pelo *[ininteligível]*, mas confesso que passei por ele e mal olhei. Só quando encontrei o caderno, quando vi o caderno aqui pela segunda vez é que resolvi olhar pela [ininteligível]. Aí vi Carlabê lá embaixo, desci correndo. [\*\*\*] [porta sendo aberta] Não precisa gritar, estou aqui. Atendendo à sua questão: você me faz rir, jovem. Não o corpo, achei que tinha visto Carlabê entre os passantes, os curiosos que ao menos viraram o rosto para olhar. Vamos? [tosse] Gostou do look? [\*\*\*] Gentileza sua, cariño. Você pode perguntar para que trocar a blusa bege pela azul de microflorezinhas, para que uma saia quase nova, para que, para que essa preocupação tão grande? É para me comer! Tem uma loba dentro de mim. [risos] Louca para me devorar, eu papei ela antes. Não há motivos para eu me vestir para ir ver um corpo. Aliás, há um: não ir nua. E só. Mas há muitos motivos para eu me vestir para encontrar Carlabê. Posso até ouvi-la dizer para eu botar logo qualquer coisa, vamos, Sassá, qualquer coisa! Ela não gostava de esperar eu me empetecar, mas gostava quando me via arrumada, elogiava. Do jeito dela, entende? Fazia um fiu-fiu jocoso. Por outro lado, ela não era muito ciosa de suas próprias roupas. Inepta, totalmente. Mesmo quando houve um casamento para ela ir. De um sujeito lá do açougue. [\*\*\*] Ela não falava muito de ninguém, desculpe, não me lembro de nomes. Mas esse sujeito ia se casar e ela precisava se vestir. Não tinha vestido e não tomou nenhuma providência em relação a isso. Só fiquei sabendo que ela ia a um casamento porque perguntei. [\*\*\*] Ela estava com uma calça branca e camisa. É certo que a calça estava limpíssima e que a camisa eu não tinha visto antes, parecia nova. Acho que foi por causa dela que eu decidi me meter e perguntei se ela ia sair. Quando a vi abrindo a porta, a bolsa de sempre, de lado. Eu não queria ser intrometida, mas era óbvio que sim, Carlabê ia sair, já estava saindo, assim como era óbvio que o corpo dela já estava todo para fora, só a mão na maçaneta, de maneira que o que eu queria mesmo era saber para onde ela ia. Saber perguntar é uma arte, jovem. Você vai aprendendo. Carlabê não era burra, não tinha nada de burra, aliás. Me respondeu que tinha um casamento, do fulano tal, do açougue. Eu não acreditei que ela ia daquele jeito. [\*\*\*] Ora, eu estava pronta para abrir meu guarda-roupa e ajudá-la a se virar com o que eu tinha, uma saia bonita, mais chique, eu ia ter. Os ajustes a gente fazia com agulha e linha ali na hora mesmo, um ponto básico eu sei dar. Mas Carlabê não deu pelota, nem respondeu. Disse que o elevador tinha chegado, me mandou um beijo e um tchau, e foi. Beijo e tchau! Só voltou na noite seguinte. Deve ter dormido no bigode. [\*\*\*] O amante dela, eu te falei. O chefe, acredite você. Ela teve um [tosse], teve um trelelê com esse homem. Mas Carlabê não entendia [tosse]. Não entendia, penso eu, a função da roupa, como é também uma linguagem. Mais uma linguagem, veja. Mais uma forma de expressão que encontramos pronta, as blusas, as saias, as calças são as disponíveis para nós. E como a gente não costura, temos que escolher o que já está feito. Você costura? [\*\*\*] Foi o que pensei. Veja, um canto para morar, um apartamento também não é assim, já está pronto, feito por outras pessoas e precisamos nos adaptar a ele? [\*\*\*] Claro, você tem razão, é o que tem. Mas, veja, é o que tem para quem tem. Ela não tinha, Carlabê. [\*\*\*] Ora, ela estava em busca de um local onde morar, ah, aposto que você não sabia. Mais um dado novo, aceite essa informação como uma moedinha reluzente, jovem. Aqui no centro fazemos assim, damos esmolas. Pois, veja, Carlabê buscava uma casa, caçava uma, melhor dizendo. [\*\*\*] Claro, falemos sobre isso. [\*\*\*] Totalmente relacionado, não à toa ela decidiu se mandar. [\*\*\*] Já digo, já te conto. Mas agora desçamos, jovem, desçamos, vamos! Um, dois, um, dois. Ah, perdida na minha alegria de ir ao encontro dela, quase me

esqueço: o corpo. Daremos de cara com ele. Você terá
coragem? De encarar o corpo? Ou não está planejando se
aproximar? Jovem, e coragem para deixá-lo, você terá? Olha
a fileira de perguntas, me desculpe. Não perco a mania. Sem
você, eu talvez atravessasse a rua para não sentir nem o cheiro.
Só por sua provocação, *cariño*, por sua culpa, tão grande culpa,
é que me pergunto, te pergunto, se devemos remover a lona.
Ou se pedimos a Stella que faça isso, e se ela faria, por alguns
trocados, por umas notas vermelhas, como ela diz. *[\*\*\*]* Stella
é. Stella mora por aqui, aqui e ali, se me entende *[risos]*. Mas
a questão é a resposta. Eu não quero saber. Não preciso saber.
Não, não, não, não, não *[tosse, tosse]*. Não *[ininteligível]*.
Vamos descer. *[apito, celular]* O que diz aí seu editor? Se você
for responder, melhor agora, hein, no corredor o sinal é fraco.
*[\*\*\*]* Diga a ele que será rápido. Que você logo volta a essa
pautinha micha *[tosse]*. Ou não diga nada. O açougue é bem
ali, você vai e logo volta. *[\*\*\*]* Sim, na bolsa. Eu não desgrudo
desse caderno, jovem. Vamos? Um pouco de fé e de
movimento, pronto, abre-se a porta para a sorte. Quem sabe
uma lufada de vento levanta um tico a lona e descobrimos o
morto assim, por alguma de suas partes? Um sapato, um anel,
uma mecha de cabelo *[tosse]*. Em um passe de mágica, você
recebe uma pista que ninguém mais terá. E ainda vai ter a
história de Carlabê para contar. Mulher dada como
desaparecida é encontrada viva em antigo trabalho, que tal?
*[\*\*\*]* Ah, sim. Antigo. Ela tinha saído do açougue, não
comentei? *[\*\*\*]* Há pouquíssimo tempo. *[\*\*\*]* Uma semana,
duas no máximo. *[\*\*\*]* Jovem, veja. Se ela não estiver lá, eu
pergunto. Saberão dela com certeza. *[\*\*\*]* Não, o bigode não
tem ideia de quem eu sou. Da minha aparência, digo. Ou será
que Carlabê algum dia mostrou uma foto minha? *[tosse]* Não
importa, ela estará lá, Carlabê estará no açougue. *[\*\*\*]* Porque

ela vivia ali, entende? Venha, estamos perdendo tempo. Não esqueça a garrafa de água *[apito, celular]* De novo, jovem? *[\*\*\*]* Pode responder, eu aguardo, se tem uma coisa que treinei nesses anos de rua, de rádio, foi a paciência. Pronto? *[\*\*\*]* Ótimo, então agora silencie o editor e vamos.

*Carta*
*Gossalvez é o tal*
*Ele acha*


*Açougueiro tem dinheiro   falam*


*Ele tem a casa   o açougue&oque mais*
*Não sei*
*Abelardo   você gosta dele*
*Heim*
*Se gosta então*
*Porque  por que*

[*áudio 1, cont.*]

O bigode é esse Gonçalves, o entanguido lá do açougue. *[\*\*\*]* Sim, o amante de que te falei. *[porta sendo aberta] [\*\*\*]* Isso, um bigode assim, cheio, bem preto. Aliás, o que aquele homem não tem de altura e largura ele tem de pelo debaixo do nariz. Mas bom, você, hum, você *[porta sendo fechada] [tosse, tosse]* Jovem, você por acaso falou com ele? Com esse Gonçalves? *[\*\*\*]* Não, eu conheci Carlabê antes, bem antes dessa confusão que ela arrumou com o patrão *[\*\*\*]* Eu a conheci no *[tosse]*, deixa eu falar mais baixo. Neste hall não só as paredes, mas as portas também têm ouvidos *[ruído não identificado]*. Não falei? *[\*\*\*]* Nada de mais. Nada. Podem ouvir se quiserem. Mas que façam isso abertamente. Não tenho o que esconder, minha história com ela é bonita, uma flor, entende, que nasceu no asfalto. Eu estava dizendo, eu a conheci no restaurante *[ininteligível]* o emprego anterior. *[\*\*\*]* Aqui no centro mesmo. Ali na, sabe a rua da igreja? Duas para trás. Carlabê atendeu minha mesa, eu estava sozinha, ela foi cordial. Entabulamos um papo, uma conversa qualquer e, quando terminei de comer, só faltou ela se sentar comigo — o que obviamente ela não fez, pois tinha como certa a reprovação do gerente. *[\*\*\*]* Ele não tirava os olhos, jovem. Mas eu gostei daquela criatura sem muita cor, a pele de um marrom-amarelado, a boca pálida como se não *[tosse, tosse]*, como se não corresse sangue, o corpo cheio de um jeito que, mais tarde eu saberia, violava sua timidez. Carlabê era sempre notada, um imã ambulante de olhos famintos. Talvez por isso andasse um pouco encurvada. Não estava à vontade em nenhum momento, esse era seu estado natural. Não relaxava nem em casa, de pijama, de noite, vendo TV na sala. Embora risse muito, de qualquer bobagem, do tombo do palhaço do

programa infantil, do bordão repetido pelo personagem da
novela, das piadas velhas do patrão dela lá, o tal Gonçalves,
olha essa, Sassá, o que foi que o peixe disse para a lagarta? Ela
ria do motorista buzinando no semáforo só para ver correr a
gostosa de blusa colada e ver os peitos dela balançar, ria de
alguém tropeçando em uma raiz de árvore na rua... Ah! Esse
elevador é tão lento que é capaz de acontecer outro assassinato
enquanto a gente espera, outra morte. *[tosse, tosse]* A gente
gostava, Carlabê e eu, de olhar as lojinhas do bairro, as lojas de
roupas para bebê, de utensílios domésticos, plásticos em geral,
de roupas para gordas, as lojas de balas e biscoitos, as lojas
todas, e tentar adivinhar: sonho ou necessidade? Por que
alguém tinha resolvido ocupar aquele espaço, a bem dizer
aquele buraco, e enchido de coisas? Por que tinha aberto um
comércio ali? *[tosse, tosse]* Uma vez, andando pela avenida,
fazendo nossa brincadeira de sempre, sonho ou necessidade,
Carlabê tinha acabado de responder "necessidade", era o que
ela sempre dizia, e talvez tivesse razão, quem sonharia em abrir
uma lojeca no centro de São Paulo?, quando vimos um manco,
um homem tentando subir o degrau de uma dessas lojas de
guloseimas. Sua bengala não era firme, nem sequer era bengala
de verdade, era um pedaço de bambu verde, um pau
*[ininteligível]* que envergou e saltitou para a frente, como se
fugisse, até cair poucos centímetros adiante. O homem xingou,
Carlabê não se conteve, caiu na gargalhada, de modo que
as pessoas na rua pararam de olhar o homem e começaram
a olhar para ela. *[\*\*\*]* Eu, eu saí de perto, me enfiei na
lanchonete ao lado, pedi um café. Minutos depois ela me
encontrou lá dentro. Chegou comendo um pacote de
Conrado, ela adorava esse biscoito, veio rindo ainda. Briguei
com ela, falei *[ininteligível]*, eduquei, corrigi. Mas Carlabê
negou qualquer indelicadeza, disse, inclusive, que tinha

ajudado o homem. *[tosse, tosse]* Tinha segurado seu braço, esperado o pé trêmulo alcançar o degrau, aguentado no lombo o peso daquele desconhecido sem bengala. O biscoito, ela jurou, tinha sido presente dele, engrossou a voz para imitar o homem dizendo para ela escolher o que quisesse na loja. O que quiser, boneca, ele teria dito e ela repetiu, achando graça. E Carlabê não aceitou quando eu disse que ela não deveria ter rido quando a bengala do homem caiu. Carlabê tinha definições próprias de bons modos. *[...]* Ria também daquilo que ela mesma dizia, às vezes em voz baixa, para si: em suas piadas internas não cabia mais ninguém. *[tosse]* Isso eu não vi naquele dia no restaurante. Vi ali uma jovem sem pressa de nenhum tipo, uma mulher que estava no exato lugar onde se podia vê-la. Sua alma não saía vagando para a próxima pessoa, o próximo compromisso. Respondia a todas as perguntas, fazia outras e escutava, quase imóvel, o olhar parado em você. *[voz embargada]* Isso é raro e *[ininteligível]*. Desculpe, tenho saudade! Daquela Carlabê. Aquela, sim, se foi. *[tosse]* Sinto falta, jovem. Perguntar, conversar era a minha especialidade. Ainda é, posso dizer. Deve ser a sua também. Se não é, você não serve para repórter. Hein? *[risos]*. Você resiste, *cariño*. Não embarca. Devo te parabenizar? *[\*\*\*]* Mas, sim, eu te contava sobre nós duas. Eu e ela. Pois perguntei se Carlabê saía tarde do restaurante, ela respondeu que talvez, às vezes, e que tudo bem, ela não ligava. Ela tinha para onde ir, mas não tinha que ir para lá, entende? Estava ali uma mulher sozinha, como eu, éramos duas solitárias *[cantarola]* na maior cidade da América do Sul, da América do Sul, você precisa... *[risos]*. O que eu não sei mais é se Carlabê de fato gostou de mim ali. Se não gostou, fingiu bem. Porque foi acreditando nessa correspondência que passei a arrumar desculpas para ir à quadra do restaurante. *[\*\*\*]* Não me dava trabalho, era muito próximo daqui, deste apartamento. Eu ia à quitanda e passava por lá. Preferia pegar o ônibus para a rádio no ponto mais alto da avenida, assim o restaurante se fazia caminho. O supermercado... você conhece o bairro? Conhece aqui? [\*\*\*] Eu ia àquele mais novo, perto da avenida, imagina, a dois quarteirões do restaurante em que ela trabalhava. Mas a gente não se encontrou. Precisei esperar outro dia de folga. Eu tirava nas terças seguintes aos plantões. Ainda é assim? Ou vocês trabalham sem parar, como maquininhas? Como esse celular que você não larga? [\*\*\*] Fico feliz, fico feliz. [tosse] O que eu estava [\*\*\*] Sim, então, eu me vi tendo que voltar ao restaurante e pagar de novo uma nota por um bife magro e algumas lascas de batata frita para ver Carlabê, falar com ela, perguntar em detalhes sobre a rotina dela. Ela chegava ali às sete e meia e só saía depois das dezoito. Não ia aos fins de semana, aí era outra equipe. [\*\*\*] Por alguma questão trabalhista, acho. Eu disse que passaria de vez em quando para conversarmos. Ela disse para chamá-la na cozinha. Foi o que fiz. Começamos uma boa amizade, jantamos algumas vezes. Eu pagava as refeições, claro, em outro lugar, duas ou três vezes por mês. Nos encontrávamos pouco depois das sete da noite. Duravam pouco os nossos jantares. Carlabê gastava quase três horas de condução até em casa. [\*\*\*] Na época, ela morava com um casal de idosos, a quem dizia que ajudava. Dormia em um quarto sem janela nos fundos e nunca podia ver televisão, já que os dois ficavam na sala o dia todo, o controle remoto no colo do velho ansiando pelas mãos de Carlabê, ela percebia. Só que toda vez que ela colocava no canal de que gostava, ele começava com uma dor de cabeça. Então ela preferia faxinar o que conseguia, lavar e passar roupa. Todo dia tinha cueca suja pendurada no tanque. [...] Aí ficou claro: ela tinha que se mudar rápido de lá, e para mais perto daqui. Pensei no meu apartamento. *[\*\*\*]* Porque, jovem, por que não? Uma ajudinha com o aluguel seria mais que bem-vinda, o que desse para ela pagar. Na época o que eu ganhava mal dava para bancar os meus gins. *[\*\*\*]* Tenho o bico fino, não posso? *[\*\*\*]* Depois não melhorou muito, mas vá lá. Na sala cabia um colchão. O rack daria um armário satisfatório. E não seria ruim ter companhia. Propus minha ideia, Carlabê topou no mesmo instante, ufa! Tudo em um fôlego só, você viu? Toda a minha história com ela. *[\*\*\*]* Certo, o começo, tem razão. O início. Depois teve outros acontecimentos. E ainda vai ter mais! *[risos]* *[tosse]* E nada de esta merda chegar! Topa a escada? *[\*\*\*]* Ótimo. Assim também queimo umas calorias, venha, é aqui. Infelizmente, *cariño*, sou uma comedora emocional. Você, pelo visto, não. Vive do quê, de água? Lá embaixo é capaz de você querer encher de novo a garrafa. Daí teremos que voltar, te darei mais, recomeçaremos a conversar, você me dando esses minutos de silêncio com esses olhos atentos, eu vejo, *cariño*, sou grata. Tanto que até desejo de novo. Você acha que o desejo pode ser uma expressão de gratidão? *[\*\*\*]* Eu também. Imagina a gente preso no tempo, só a poeira se movendo, se depositando na nossa pele, transformando você e eu, aos poucos, em fósseis. De qualquer forma, já me sinto uma dinossaura! *[risos]* Para onde mesmo você vai escrever essa matéria? *[\*\*\*]* Hum, certo. Mas não era *[\*\*\*]* Calma, vamos. Qual carta? *[\*\*\*]* Não, em que carta paramos?

*Carta*
*Tá fazendo o que aqui gonsalves viu a sacola cheia de carne na*
*Sua mão*
*250g de moída de primeira*
*3 pedaços de picante*
*R$ 33,20 no total você não pagou*
*Naquele dia o gonsalves voltou pro açougue depois de fechar as*
*Portas a razão eu não*
*Sei*
*Gonsalves não te engolia não era de hoje abelardo*
*Você tinha puxado a faca para ele*
*No dia da briga no bar*
*Muita cerveja na kbeça*
*Gonsalves gosta de serra malte no copo americano sem colarinho*
*Serra malte*
*Copo americano*
*Sem colarinho*
*A garçonete bbiana sabia*
*Depois o gonsalves gosta de original e brama se não tiver ela*
*Sabia*
*Outra mais gelada a garçonete bbiana*
*Não chamava o gonsalves de gonsalves chamava de outro nome*
*O outro nome fiquei ciente desse nome ali*
*Toda hora bbiana chamava*
*Muito grito*
*Eu e gonsalves a gente brigou no bar*
*Você puxou a faca para ele a faca de cortar o bolinho de carne*
*Tinha serra&tinha*
*Ponta*
*Gonsalves saiu vazado*
*Você xingou*
*Palavrões para ele para bbiana*

Dias depois ele me aceitou de volta riu comigo
Você    aquela faca    não teria coragem
Não teria né
Ficou sério naquela data já falou para você não voltar
Mas você apareceu no açougue
250g de moída de primeira
3 pedaços de picante
R$ 33,20 no total
Na sua mão sem pagar

[*áudio 1, cont.*]

Agora deixa eu fechar o caderno. Vou fechar, você não vai querer ler descendo a escada. [\*\*\*] Isso é assim, vou tentar te explicar. Carlabê pelo menos uma vez por semana trazia do açougue carnes que, ela dizia, Abelardo tinha pegado para mim, para nós. Pegado é roubado? Eu nunca perguntava. Carlabê já estava na cozinha, panela no fogo, fazendo a refoga. [\*\*\*] Sim, esse hábito de cuidar, igual cuidava dos velhos, ela não perdia. Como tinha fôlego! Assim mantivemos nossos tradicionais jantares. Um dia, Carlabê finalmente me contou que, quando lhe dava na veneta, Abelardo [*ininteligível*] e entrava na câmara do açougue e pegava umas carnes para a gente. O que acontecia com certa frequência, especialmente nos dias em que ela própria não conseguia entrar. [\*\*\*] Não, ela não era proibida, entende, na teoria podia entrar na câmara, podia ir a qualquer lugar. Mas [*tosse, tosse*] reproduzo as palavras dela: ela acabava não conseguindo entrar. Era só ela ir naquela direção, e muitas vezes só com o intuito de ajudar no corte de alguma carne ou em qualquer outra coisa no açougue, que o bigode começava a gritar Carlinha, precisamos de você no caixa, minha vida, [*tosse*] não vá lá, é escuro demais para você, frio demais para você, a porta é pesada, coração. Eu já falei que o nome dele é Gonçalves? Nome não, sobrenome. [\*\*\*] Certo. O nome mesmo acho que nem Carlabê sabia qual era, como você viu no caderno. Ela só soube mais tarde. Com o tempo, esse costume dele de impedir Carlabê de entrar na câmara só fez crescer a curiosidade dela, e Abelardo, empurrado por sua impetuosidade, por sua agressividade, entrou. [*porta batendo, vozes*] [*em tom mais baixo*] Passou a entrar [*inaudível*]. Era o que Carlabê dizia e eu não contestava. Achava [*inaudível*]. Para mim esses relatos não passavam de chistes *[tosse, tosse]*, mas nos últimos dias em que estivemos juntas Carlabê não trouxe carne, a cabeça dela estava cheia. Estava esgotada. *[\*\*\*]* Buscar um lugar para morar, um lugar neste bairro, é tarefa dura. *[\*\*\*]* Não, ela buscava por aqui, nas redondezas, não queria sair do centro *[tosse]*. E além disso *[...]*, e além disso *[...]*. Espera *[inspiração]*. Isso de descer e falar *[inspiração, expiração]* *[...]* Eu ia dizendo *[tosse, tosse]*. Calma, jovem *[risos]*, não estou morrendo, estou apenas cansada. Fiquei lá em cima o tempo todo de pé, sentemos. Sentemos aqui no degrau. *[inspiração, expiração]* Pron *[tosse]* pronto. Quando eu cheguei a este bairro, vinte e sete anos atrás, não era muito diferente. Só um pouco. A cidade era um pouco outra, o país inteiro, o mundo. Mas eu nem notava, só queria sobreviver. Cheguei e encontrei este pedaço em um todo, foi isso, encontrei, não escolhi, foi o lugar que achei na maior cidade da América do Sul. Para mim, era um bairro barato e perto da rádio. O aperto que passei para chegar lá no primeiro dia. *[\*\*\*]* Jovem, daqui eu podia ir a pé trabalhar. Demorava quase uma hora para chegar, mas eu chegava sem atraso, sem estresse. Entre os tantos monstros da maior cidade, era o trânsito o que eu mais temia. Eu via nos telejornais os carros enfileirados, as pessoas presas e sufocadas. Presa e sufocada eu era na minha cidadezica. Sabe que eu morava dentro de um vulcão? *[\*\*\*]* Existe, jovem, acredite. Pode olhar aí. *[\*\*\*]* *[tosse]* *[ruído não identificado]* Viu? *[\*\*\*]* Ah. Ok, quanto preciosismo. Eu morava na cratera. Satisfeito? *[\*\*\*]* Mas é claro, extinto, morava dentro de um vulcão extinto. Um vulcão que existiu e acabou. Mas por que você é assim? Quer me fazer dizer que vou voltar a uma cratera? A um buraco! Veja, outra bruxa. *[\*\*\*]* Ali. Entre a parede e a janelinha. Elas adoram escada, vivem aqui. Eu deveria ter te avisado, jovem, você com esse medo todo... ou é ojeriza? *[\*\*\*]* Calma, respira, agora é a sua vez, respira. Eu vim respirar aqui, jovem, na metrópole. Não sabia disso na época, naqueles tempos eu achava que só queria um emprego. E consegui um aqui. [\*\*\*] A conhecida de uma conhecida de uma conhecida *[ininteligível]*. Fato é que eu não tinha noção de coisa alguma, não sabia, quando encontrei esse quarto e sala, que morando neste bairro eu moraria no centro. A vida na maior cidade só é possível em partes. E a minha é essa *[tosse, tosse]*. Este bairro me mastigou, me engoliu, me cuspiu outra. Uma autóctone. Pertenço a este chão e já faz muito tempo. Bem antes de Carlabê, eu já deixava que ele entrasse em minha casa. Não te falei do meu museu? O primeiro objeto que recolhi destas ruas foi um pedaço de azulejo azul-escuro com um desenho rococó em alto-relevo, tirado de um prédio antigo e sem grades. Tão bonito... Deixei um tempo pendurado na sala, depois guardei. Se ele ainda estivesse no apartamento, tinha te mostrado. [\*\*\*] Eu recolho, como disse. Pego da rua o que está sem uso. Olha, peguei muita coisa. Depois do azulejo vieram muitos outros suvenires: uma placa azul com números brancos que pertenceu a alguma casa, três pedrinhas vermelhas, meus falsos rubis, um enfeite de mesa que eu mesma fiz com dois pedaços de um galho que encontrei no chão. Carlabê sabia da minha coleção e me trazia umas coisinhas. Uma vez, foi um gancho do açougue, ela trouxe em uma de nossas celebrações. [\*\*\*] Cerimônias, digamos assim. *[tosse]* Eu tinha perdido uma pauta, uma entrevista com um empresário almofadinha, por ter chegado alguns minutos atrasada. O monstro! O trânsito! Tinha chovido e o babaca não aliviou em nada. Levei uma bronca do editor. Uma bronca polida, claro, como fazem esses jovenzinhos, como vocês fazem, uma bronca xingando para dentro, demonstrando sem demonstrar, *cariño*, respeitando a minha senioridade, entende, e ao mesmo tempo, ao mesmo tempo não, percebe, me tratando como a velha que sou. Quase senti saudade dos editores das antigas, que gritavam pela redação, todo mundo ouvia *[tosse, tosse]*. Éramos, antes de tudo, uns fortes. Não se ofenda, jovem, olhe a sua carinha *[\*\*\*]* Não quero *[ininteligível] [tosse, tosse]*. Naquele dia, mandei mensagem para Carlabê, marquei de noite. Era como fazíamos. Não querendo celebrar a passagem dos anos, comíamos e bebíamos quando havia os grandes baques. Ela bolo, eu gim. Não faz muito mais sentido? Marcar aquilo que de fato nos envelhece! Não são os anos, isso eu digo, são apenas alguns minutos! *[tosse, tosse]*. Deu uma caixa inteira, os pedacinhos do bairro, uma vida juntando. Aqui, um ou outro acabava ficando no armário. Na casa nova, ficarão bem expostos, ah, ficarão mesmo. *[\*\*\*]* Exatamente, é meu museu. *[risos]* Quem chegar verá. Um bairro inteiro da maior cidade dentro da minha casica, meu microflat na periferia da cidadezica! *[...]* O que foi? É a bruxa? Ela não pousa na gente. *[\*\*\*]* Lá em Minas se diz que são as pessoas mortas voltando para dar um oi. Carlabê tinha pavor também. Ah, jovem, tanto em você me lembra dela... entrava uma dessas pela janela, ela ficava olhando, esperando a bicha pousar. Depois gritava meu nome, Sassá, Sassá, uma bruxa enorme! Mas eu chegava lá e era de média para pequena. Ai, Sassá, tira ela daqui!, ela dizia, mas não mata, não precisa matar. Pobre bichinha, de que adianta ser borboleta se for para ser tão feia? Noturna ainda. E a noite é a morte. Embora para muita gente a noite seja vida, ah, como sonhei com a vida noturna na maior cidade. Chegando aqui, decepção. Restaurantes, bares, vai dando meia-noite começam a fechar. A maioria fecha. Não é tão diferente da minha cidade. Para onde você vai quando sai, jovem? Onde é quente na atualidade? *[\*\*\*]* Ah, por favor. Por favor. Com essa carinha, você deve ser um arraso na noite, conheço bem. Isso se não

aparecer uma bruxa. Aí você fica assim, vidrado, de olhos
esbugalhados. Medo não é bom acessório, não cai bem em
ninguém. Sabe que também já me disseram que se elas
pousam em você quer dizer dinheiro? Grana que vem.
Eu devia andar segurando uma planta, porque é o que elas
comem. Assim pousavam em mim e me trariam grana, *money*,
*dinero*! Talvez já tenham trazido. Vendi meu sofá velho e
algumas roupas. Mas grana, ó, é como um rio que passa na
minha vida *[tosse, tosse]*. *[\*\*\*]* O que é isso, essa mania? Isto
aqui não é um filme, não há respostas, jovem. O caderno não
dirá, se é essa sua grande aposta. Hein? É sua ou do editor?
Você age pela própria cabeça, jovem? Esse seu jeito de quem
gosta de obedecer *[risos]* Eu não paro de falar, tenho
consciência, vivem falando da minha voz, é nisso que dá.
O que mais posso dizer sobre Carlabê? *[ruído não identificado,
ininteligível]* vamos *[ininteligível]*. Não falta muito, estou
pronta. Podemos descer. *[\*\*\*]* Certo. Mais algumas páginas,
uma ou duas, jovem, pois é assim com os prazeres, aos poucos,
para que não cresçam como cães acostumados a banquetes
e acabem por nos devorar.

*Carta*
*Isso é que é atirar*
*A saramara falou a grana não vai rolar*
*Não rolou bebê não vai rolar vou entregar o apartamento*
*Sentada na cadeira do bar*
*Temos até dia 22*
*22.06*
*Saramara ama filmes de ação da madrugada na semana*
*Passada a gente viu um nele um homem dizia*
*Isso é que é atirar*
*Olhei para a rua e para o prédio em frente pedi uma água pro*
*Garçom*
*Virei de uma vez o*
*Copo na boca limpei os lábios com as costas da mão*
*É preciso ser valente abelardo*
*Eu estava ciente da situação saramara perdeu o emprego*
*Em janeiro a rádio mandou embora 13 pessoas&ela*
*Saramara passou meses procurando outro emprego*
*Não conseguiu*
*Culpa desse ar da poeira ninguém está pensando direito*
*Ela vivia repetindo você vê o véu você vê o véu*
*Saramara pegava uns bicos na área dela poucos*
*Mas não foi só uma*
*Nem duas vezes chegando do açougue vi ela sentada no bar*
*Acabei de conseguir voltar pro açougue*
*Acabei e o gonsa fica ainda olha de lado me castiga*
*Saramara*
*As pernas cruzadas bonitas as pernas cruzadas e uma taça de gin*
*Com limão na mesa*
*Uma noite ela falou se eu conseguia participar mais no aluguel*
*No caso meu salário continua o mesmo eu falei não posso*
*Saramara vai se mudar para minas não me convidou*

*Eu não*
*Não ia mesmo demorei a morar no centro não vou sair*
*Do centro*
*Vamos encontrar outro lugar abelardo eu preciso do emprego*
*No açougue*
*Você não vem cala a boca*
*Abelardo*
*O colar eu já tirei*

[*áudio 1, cont.*]

Pronto, vamos, falta pouco. [\*\*\*] Quando a gente chegar lá embaixo, vou precisar dar um recado rápido ao porteiro, você pode ir indo. [*passos*] Bom dia. [*passos*] [...] Você perguntou dos vizinhos, conheço poucos. Há muitos enfermeiros no prédio, como esse que passou. Previsíveis com suas roupas brancas e seus horários [*ininteligível*]. Atendem os três hospitais da região. Mas há também Odete, dona Odete, dona Ó, esta senhora de quase setenta anos, ativa, ela dá aulas em uma faculdade particular e é militante fundadora de uma ONG. Acho que é ONG. [\*\*\*] Sim, aquela senhora que falou com você. Que te contou o nome de Carlabê... Hein? Não foi isso? Me diga [*risos*]. Jovem? [*tosse, tosse*] Que se dane, vou perguntar a ela então. [\*\*\*] Ah, mas você gosta de bisbilhotar, hein? [*tosse*] De vez em quando o apartamento dela é sede de reuniões. Todas do bem, jovem. Todas do bem. Mas agora até duvido das intenções dela, quer dizer, por que ela diria que eu sei mais, não é? Não foi isso que ela falou para você? Que deixou sugerido? Dona Ó pode estar enganada, ouviu? Ou pode enganar, vai saber. Ela não é fácil, o grupinho dela é, assim, enérgico, digamos. Escutávamos de casa as discussões, Carlabê e eu dávamos nossa opinião. Mais correto: eu, eu dava a minha opinião, Carlabê balançava a cabeça [*ininteligível*] ou sorria e concordava, só completando com uma palavra ou uma frase curta. [...] Com dona Odete, em geral, troco seis andares de palavras possíveis, subindo ou descendo, se o acaso nos dá a graça de um encontro. Ela me pergunta como eu vou indo, a bolsa preta, carregada e disforme no ombro. Ela aperta o G e pergunta da minha sobrinha. Eu respondo que estamos bem, essa ladainha toda. Em geral, não minto. Minha sobrinha, como você sabe, é Carlabê. [*risos*]. Deve ser por isso, veja só,

que dona Ó acha que eu sei mais. Que posso saber mais. Que
deveria saber mais. Mas isso muda se te conto, se eu confesso
que Carlabê e eu não temos parentesco. Nada, não temos nada
além de respeito e da enorme conveniência que nos une. [***]
Um pouco de afeto, claro, afeto também, por que não? Mas
sobrinha, veja só [risos]. Sublocar um apartamento seria uma
infração do contrato e não posso fazer cúmplices involuntários,
ainda mais se tratando de alguém como dona Ó. [...] Na rua
em frente também há moradores. Não nos prédios; na própria
rua, na calçada, digo, os mendigos, esses que abrem mão
de um teto em outra parte da maior cidade, mas não abrem
mão do chão, deste chão. Deste bairro. Do centro. Há Stella,
essa de quem te falei. [***] Essa pergunta não se faz, jovem.
Stella é bunda e peitos secos de macho, todo o restante fêmea,
entende, uma saia curta, a blusa amarrada na frente. Quando
me vê, ela grita: me entrevista, jornalista! Eu aceno e sigo,
a ordem vira pedido, ô, jornalista, me entrevista! Nos dias
em que estou com tempo, paro, ela me pede um cigarro, eu
nunca tenho [ininteligível] não importa. Falamos sobre nada,
sobre um acidente ou outro, um acontecimento ou outro, um
bueiro sem tampa que pode virar notícia, mas que nunca vira.
Falamos das aventuras dela nos dias em que não nos vimos,
de bofes e bofetadas, como ela diz. Stella termina me pedindo
grana, dou algumas moedas. Uma vez vi um homem dar a um
pedinte uma moeda de 25. E o pedinte respondeu, gritando:
Vai, Jesuíno! Vai, cristão! Vai, 25 centavos! Até o homem sumir
na esquina. Você dá esmola, e para o mendigo a esmola é você.
Mas Stella não, Stella se ajoelha, reverente, performática,
mesmo que por dez centavos. [...] Stella levantaria a lona. Por
umas notas vermelhas. Algumas. Ou por uma nota bege, bege,
hein? Pagamos? [***] Sim, jovem, ainda há pessoas assim.
Vetustas, muito mais que os prédios. Mas há pessoas novas e

prédios novos também. Muitos deles. Stella não pensa em ir
embora. Some às vezes, mas volta. Faz uns meses vi um rapaz
de colete amarelo conversando com ela. Uma mulher com
um colete igual estava sentada no colchão na frente de Stella,
onde também estava sentada outra mulher, outra mendiga.
Ouvi um fragmento, as pessoas de colete queriam informações,
diziam que a prefeitura podia cuidar delas. Cuidar, pensei,
cuidar! E me lembrei de uma matéria que um colega tinha
feito anos antes sobre os abrigos da prefeitura. Você pode
imaginar a podridão, é *[ininteligível, tosse]*. Já visitou um? Na
minha época, eu fui uma vez. Repórter não escolhe aonde a
história vai levar, correto? A boa história, digo. Essa é a lição
número dois, *cariño*. *[tosse]* Voltando a Stella, depois de ouvir
o rapaz de colete dizer que eles podiam cuidar dela, eu quis
parar, pegar pela primeira vez naquele braço e dizer a Stella
que fosse embora comigo. Mas ela iria? Olhei para trás disposta
a voltar, não parecia ter um único músculo tenso no corpo
dela. O rapaz de colete e Stella conversavam como amigos
na calçada de um bar depois de alguns cigarros terem virado
fumaça. *[\*\*\*]* Depois, depois eu não vi Stella por dias, até vê-la
de novo tomando café no copo americano, sentada no tronco
de uma árvore amputada, o olhar no nada. E dona Ó, dona Ó
há meses não fala de mais nada a não ser da reforma em seu
apartamento e seus percalços. Mas reformar é viver. Tanto uma
coisa como a outra só são previsíveis em sua imprevisibilidade.
Dona Ó faz planos e o mestre de obras ri *[tosse, tosse]* Mas
agora não vêm mais Stellas, não vem outra dona Ó, são pessoas
de outra época neste bairro de hoje. *[...]* Essa poeira, tudo
parado. Ninguém vai entrar, muita gente saindo. Na nossa rua,
fechou o mercado do seu Nonato e a loja de revelação onde
eu tirava xerox, onde comprei os dois porta-retratos que tinha
no apartamento. O supermercado da esquina agora nunca tem

fila. Eu disse isso a Carlabê, ela ouviu mal, entendeu que havia uma expansão, que haveria vagas e que sua busca estava fadada a ser bem-sucedida. Começou tarde a tentar descobrir um novo canto para viver. Não parecia preocupada. Acho até um pouco de graça nesse otimismo dela *[tosse]* perdão. [...] Ah, primeiro andar! Só um lance de escadas. *[inspiração, expiração]* Mais um lance e chegamos.

*Carta*
*No caminho para cá cinco quadras quatro obras*
*Sem ninguém prédios no*
*Esqueleto*
*Vem dessas obras o pó do ar saramara falou*
*Respirar dói esse vento gelado em nenhum momento você*
*Pensou que ia pegar para mim abelardo roubar o açougue*
*Roubar o gonsalves é me roubar porque eu e o*
*Gonsalves*
*Fico incredo contigo*

*[áudio 1, cont.]*

*[porta sendo aberta, inaudível]* está claro, meus olhos *[ininteligível]*, os seus não ficam *[porta sendo fechada, inaudível]*, eu quase *[tosse]* quase não me acostumo. *[bate-estacas, martelete, serra policorte, veículos]* A cidade, o que ela quer dizer, jovem? Este barulho, o som, não para, ela não permite silêncio. Ou pior: o que ela cala com seus gritos? Hein? Fala por cima da gente. *[risos]* Fique desse lado *[buzina, inaudível]*, ou melhor, vá indo, jovem, vá indo porque preciso falar aqui com o seu Francisco. *[\*\*\*]* Sobre a devolução do *[inaudível, buzina]* *[\*\*\*]* Pode também, *cariño*. É como dizem nos filmes americanos: este é um país livre. Me espere aqui então. Bom dia, seu Francisco! *[\*\*\*]* Vem cá, por favor. O senhor viu se a minha sobrinha passou por aqui hoje? Ou ontem de noite? Esses dias para trás? *[\*\*\*]* Sim, mas talvez o senhor se lembre *[\*\*\*]* Bom, se ela aparecer *[\*\*\*]* Sei. Eles vieram de novo? *[\*\*\*]* Sim, o senhor já *[\*\*\*]*. Mas eu não tenho nada para falar. Pode dizer isso se eles voltarem. E que fui embora. E que me respeitem e vão à *[caminhão, inaudível]*. *[\*\*\*]* Seu Francisco, eu entendo. O senhor faça como achar melhor, então. *[\*\*\*]* Mas o senhor me conhece há quanto *[\*\*\*]* Entendo *[inaudível, buzina]*, passar bem, então. Passar bem, seu Francisco. *[tosse]* Uma última pergunta: o senhor por acaso sabe alguma coisa sobre esse morto aqui na frente? Viu alguma coisa? *[\*\*\*]* Imaginei. Agradecida, de qualquer forma. *[bate-estacas, martelete, serra policorte, veículos]* Você se sentou! E eu que sempre achei esse banquinho um inútil. Ora, vamos, abra um espaço para mim. *[buzina]* Obrigada. Não queira ficar na mão de gente assim, jovem. Esse aí é um sonso. *[\*\*\*]* O crime poderia ter passado em um enorme telão, na frente dele, que ele não veria nada. Aproveitei e te ajudei, perguntei

se ele tinha visto alguma coisa, se sabia algo. Você ouviu? *[\*\*\*]* Ah, certo. Mas quando *[\*\*\*]* Jovem, desde que horas você está aqui? Já falou com o porteiro, com dona Ó... com quem mais? *[\*\*\*]* Não, nada de mais, apenas, veja, esse sonso podia ter me dito que já tinha falado com você. Ou será que ele não reparou que entramos juntos e saímos juntos? O que ele faz o dia todo aí nessa porcaria? *[risos]* Portaria! Escute, para você ele soltou alguma coisa? *[\*\*\*]* Não, isso, é o seguinte, talvez seja melhor você saber de uma vez: a polícia está atrás *[tosse]*, a polícia quer falar comigo. Veja você, eu que nem ficha tenho, nem multa. Nunca tive carro! Agora tenho a polícia no meu encalço *[\*\*\*]* Por causa dela. De Carlabê. Ou melhor, não. Por causa dele, do entanguido, daquele bigode maldito. É muito baixo o nível. Colocar polícia no meio. Ele deu queixa, jovem, deu queixa do suposto desaparecimento de Carlabê. Escute, você não falou com ele, falou? Jovem, é dele essa obsessão pelos escritos de Carlabê? Só pode ser, ele não se cansa de querer invadi-la, esse homem é perigoso, ele *[\*\*\*]* Jamais, jovem, é como eu te disse, eu o conheço por meio desse caderno, pelos relatos de Carlabê. Mas e você? É com ele que você fala aí no celular o tempo todo? *[\*\*\*]* Gostei que você riu, jovem. Você sabe, o escárnio é mais incisivo do que um não. Vamos *[tosse]*. E na polícia, o que te disseram? O que estão dizendo? *[\*\*\*]* Não, não sobre Carlabê, sobre o cadáver. Ou você se esqueceu? Eles têm alguma pista de quem é, de quem era, não é? Qual a história dessa morte? *[\*\*\*]* Quando souber, por favor, compartilhe. *[\*\*\*]* Ah, mas no meu caso, nesse caso, jovem, não se engane. Foi o bigode, foi aquele entanguido que falou com a polícia, foi ele que me acusou. Agora não me deixam em paz, entende? Um homem daquele tamanho com um ego enorme. Deve ser para compensar outras miudezas. *[\*\*\*]* A de caráter, para começo de conversa. Aquele homenzinho não poderia suportar o fato de Carlabê ter escolhido ir embora, entende? Ter escolhido abandoná-lo, abandonar toda a vida de supostas facilidades que ele, e oh, meu Deus, só ele poderia oferecer. Não foi a primeira vez. No início do ano, Carlabê recebeu uma proposta dele. Mas ela não me contou, jovem. Não [*alarme veicular, inaudível*]. Chegou em casa no horário costumeiro, me disse um oi da porta e cruzou a sala soltando o cabelo, indo em direção ao banheiro. Depois do banho, se sentou ao meu lado, calada. Era como fazíamos. Na hora da TV era silêncio, um pouco de novela, o jornal inteiro, jantar. No jantar falávamos mais. Nesse dia Carlabê não trouxe carne, não precisava, comemos qualquer coisa aqui, um pão com presunto e café, frutas. Comecei falando que um colega tinha me ligado para perguntar se eu aceitaria fazer um trabalho de acompanhamento para um político do interior, cuidar dos discursos dele, tentar conseguir alguma notinha em jornal. Um frila de fim de semana. Mais um trabalho temporário que pagaria uma merreca. Mas quem precisa de [*inaudível*]. Reze, jovem, para não acabar assim também, faça as suas mandingas. [*risos*] A gente ainda na mesa, Carlabê engoliu, mordeu o pão de novo, quase já acabando com o sanduíche, um pedaço na boca e outro, maior, que caiu, direto no prato. Perguntei sobre seu dia e ela respondeu que não tinha acontecido nada de mais. Então disse, como se tivesse se lembrado só naquela hora, que o Gonçalves a tinha chamado para ir morar com ele. Fiquei estática. Ela olhou para mim, sorriu e reforçou, disse ele quer se amigar. [\*\*\*] Isso foi antes. Antes de eu contar que precisaria devolver o apartamento. Dias depois de eu saber que iríamos ter que sair dali. Dias insuficientes para que eu sentisse ter esgotado todas as possibilidades de manter nossa vida do jeito que era, entende? Para que eu pudesse ter me acostumado com essa ideia. Jovem, eu tentei por meses segurar o

apartamento. Negociei, prometi, fui ao banco, o que você imaginar eu fiz. Três aluguéis atrasados na cabeça, torcendo meus miolos, olha, eu não estava conseguindo nem trabalhar. [\*\*\*] Que rescisão, jovem, eu era PJ fazia anos. [\*\*\*] Nada. Eu não disse nada naquele dia. Não disse para Carlabê ir morar com seu amante, que ia ser bom para ela, salve-se, bebê, eu não disse isso. Nem fiz contraponto, como em geral gosto de fazer, quando ela anunciou que não aceitaria o convite do bigode. Não vou, Sassá, mas eu não vou, ela disse. Com esse *mas* Carlabê me consolava. Estava leve naquela noite. Deitou-se no colchão à minha frente durante o filme e fechou os olhos no mesmo segundo em que colocou a cabeça no travesseiro. [\*\*\*] Não, não fui contra, não sou. Carlabê que ficasse com quem quisesse, se fosse com o patrão talvez um tanto melhor. Mas não aquele patrão, entende, aquela pessoa. Eu mesma tive meus encontros com um ou outro microempresário do bairro. Com servidores públicos também, um servidor. Tudo bem, e com uma vizinha, que já se mudou daqui faz um tempo. Cheguei muito só. [\*\*\*] Com Gonçalves não, nunca.
O bigode só passou a existir para mim depois de Carlabê. A casa de carnes dele é pequena. E o Paraguassu fica a três quadras daqui, eu nunca tinha precisado andar demais por carne nenhuma. Carlabê também nunca foi de contar pormenores de relacionamento ou de qualquer coisa que fazia. [\*\*\*] Acompanhei o início, claro. A primeira vez que eles saíram foi em um almoço. Gonçalves avisou na véspera do compromisso. Avisou, preste atenção, não houve um convite. Ela almoçaria com ele no sábado, nesse dia estava dispensada do açougue. Tudo muito dentro de um universo patrão/empregada. Então, quem pode culpar Carlabê de não ter colocado maldade no compromisso? [\*\*\*] Ajudei, obviamente. Quase entramos a madrugada treinando modos à mesa. E algumas perguntas e

respostas. O que você faria para esta casa de carnes crescer? Quantos quilos de cada tipo de carne temos na câmara? Para essa, eu não sabia a resposta, mas Carlabê, sim. Ela vinha estudando, fez contas baseadas nas anotações de Gonçalves no caderninho ao lado do caixa [tosse]. Se faltar carne, para quem ligamos? Que tipo de cliente não atendemos? Só cliente morto, ela nem vacilou para responder. Sentada à minha frente, na nossa mesa de jantar, já com a roupa do encontro. Tinha experimentado outras duas combinações antes de escolher aquela, calça jeans, uma blusa azul-clara abotoada até quase o pescoço. Mandei enfiar a blusa na calça, Carlabê relutou. Resistiu muito e só cedeu depois que perdi a paciência, me levantei e eu mesma enfiei. Carlabê ficou paralisada, a bunda redonda saltando. No fim dei um tapinha para acordá-la. Brincos pequenos e dourados, nenhum anel, nenhuma pulseira, nada para chamar a atenção. Uma mulher de negócios [tosse] [buzinas]. Carlabê estava pronta, mas eu não resisti e estiquei o assunto. Perguntei se o certo era duzentas gramas, duzentos gramos ou duzentos gramas [tosse, tosse]. Nem o Gonçalves sabe essa, ela respondeu. [\*\*\*] Não. Eu não podia deixar, jovem. Eu insisti, disse que com certeza o bigode sabia. Com patrão a língua é fresca, frisei. E repeti: duzentas gramas, duzentos gramos ou duzentos gramas? Nem os clientes sabem, ela respondeu, a maioria não sabe. Um desamparo... Agora eu pergunto a você, jovem: se a maioria não sabe, se a maioria não obedece, como pode uma regra ser uma regra? Hein? Para Carlabê, me fiz de desentendida e expliquei: É um pra lá e outro pra cá, bebê. Junta o macho com a fêmea. Macho na frente, como não. Ela não entendeu, perguntou: Macho? [caminhão freando, inaudível] ouvir de novo. Eu respondi que era duzentos gramas, expliquei que estava assim nos livros [inaudível]. Duzentos gramas. Carlabê repetiu em voz bem baixa: duzentos gramas. Queria decorar. Queria brilhar nesse encontro profissional, seu primeiro. Que claramente não seria. É lógico. *[\*\*\*]* Não avisei, não avisei porque, veja. Por que cortar o barato da menina? E vai que, sei lá. Eu também achei estranha essa abordagem, esse encontro convocado que dispensava meu bebê de uma tarde tediosa manejando uma máquina barulhenta de moer. Eu quis prepará-la. Para que ela levasse algo de mim. É errado? *[\*\*\*]* Pois então. Entenda. Fossem quais fossem os objetivos do bigode, Carlabê merecia ir a esse almoço sentindo-se segura. Estando inteira consigo, ela poderia tomar melhores decisões, de maneira global, digo, não somente no sentido profissional. Ela já estava quase fechando a porta do apartamento, quando eu falei para ela ir com confiança, mostrar quem era. Uma coisa assim como vá lá e venda seu peixe, entende? Ela riu, talvez porque tenha pensado que isso não era possível, já que ela trabalhava em um açougue. Que diferença! Vá lá e venda seu peixe! Vá lá e venda sua carne. *[tosse]* Carlabê só voltou para casa no domingo de noite. Eu fiz cara de espanto quando ela abriu a porta. Passava o *Fantástico* na TV. Ela disse oi e foi direto para o banheiro, claro. Eu sabia o que tinha acontecido, tínhamos trocado mensagens. Mas fiquei esperando. Você está bem, jovem? Você não para de se mexer. É o banco? Está muito duro para você? *[\*\*\*]* Ok. Prossigo então. Fiquei esperando ela voltar do banheiro, queria os detalhes, o tempero, a bossa! Queria saber se todo aquele bigode não arranhava demais. Pois eu não tinha passado em uma ou outra ocasião, quando era caminho, em frente ao açougue para ver a cara do entanguido? O almoço não tinha sido a primeira vez que ele fez um avanço, por assim dizer, na direção de Carlabê. Aguardei um pouco e me levantei. Pensei em bater na porta, depois achei melhor não. O tempo dela. Era como fazia minha mãe. Deixava a gente calada, e ela fazendo café, varrendo, arrumando a mesa e o silêncio lá engordando. Até explodir. Explodir na cara da gente. *[buzina, inaudível]* Carlabê apareceu de pijama, cabelo escovado, com cheiro de baunilha e a pele fresca. O braço dela relou um tico no meu, ela sentada ao meu lado, calada. O tempo dela. Vimos duas reportagens. Ela estendeu sua cama no chão. No fim do programa, estava apagada. Ainda fiquei para ver o filme, como teríamos ficado em um domingo, como já havíamos ficado em outros. Mas a trama era arrastada e tola. Desliguei a TV e fui para o quarto. *[tosse, tosse]* Essa dinâmica se repetiu no fim de semana seguinte, e de novo no outro, e no outro também. Virou a vida de Carlabê. A semana ela passava comigo, os fins de semana com o Bigode. *[freada, buzina, vozes não identificadas]* Uma noite, nós duas estávamos jantando e Carlabê falando sem trégua, enganchando um assunto no outro, o açougue, a mulher que comprou vinte quilos de linguiça, o colega preguiçoso, o *[motocicleta, inaudível]* ela não parava. Quando eu pedi que ela me passasse uma faca, ela interrompeu o palavrório, mas eu vi que dentro dela Carlabê ainda falava, falava, falava. Ela me entregou a faca, me perguntou o que é que eu ia cortar e enfiou um misto-quente no meio de um sorriso. Eu apontei para a fruteira, para uma laranja gorda, e já estava me levantando para ir buscar quando ela disse que ia pegar para mim. Eu pego para você, querida, foi exatamente assim que ela disse. Querida, ela se levantou, jovem, rápida, querida, me entregou a laranja e disse: nunca imaginei, Sassá. Deu outra mordida no misto, mastigou, calma, com os olhos em mim, esperando eu adivinhar. Eu não tinha ideia, até Carlabê completar: Eu, com duas casas. Aqui e no Gonçalves.

*Carta*
*Olhei hoje um lugar inteiro  no caso aí  não busquei um quase*
*Novo tipo o da saramara bastava ter*
*Banheiro um*
*Buraco para fogão  outro*
*Fogão&geladeira&microondas fica para você a saramara falou*
*Ficam*
*Obrigado saramara obrigada saramara*
*Na rua dos açougues tinha um prédio  a placa*
*No portão de ferro  aluga*
*A porta se abriu o corredor escuro terminava em uma mesa*
*Uma mulher sentada a zeladora*
*Pedi para ver o apartamento volta outro dia anota um celular*
*Tem que agendar*
*Pedi emprestada a caneta escrevi os números na mão*
*Poeira subindo*
*Apareceu um homem*
*Um senhor de cabelo crespo cinza pele também cinza ele*
*Puxava fundo os catarros*
*A zeladora falou a menina veio ver o apartamento*
*Quer ir ver agora posso levar  ele falou*
*Fui segurei forte a caneta da zeladora sem tampa*
*Qualquer coisa enfio na garganta dele  nos catarros*
*Subimos calados no elevador o apartamento era*
*Uma sala um banheiro atrás da cozinha um quarto sem janela*
*Uma cama  vem ver a cama vem  com o apartamento*
*Senta aqui vê se gosta*
*A caneta quase escorregou da minha mão*
*Fui direto para a porta corri pela escada até a portaria*
*O homem chegou na mesma hora de elevador*
*Gostou  fiz que sim com a cabeça quer saber o preço*
*Sim  tossi  era muita  poeira*

*A zeladora de olho ele disse o preço*
*Nem se eu trabalhasse em dois açougues abelardo*
*Na rua respirei fundo tem um predio novo uma placa gigante*
*Garanta seu espaço 10 m2*
*Saramara riu contei para ela*
*Melhor comprar logo uma cova lá você vai morar um dia*
*Garantido*
*Para sempre*

*[áudio 1, cont.]*

O que é esse olhar, jovem? Não quero te decifrar, você que me devore. O que foi? Fique tranquilo, depois ela foi, foi morar com o entanguido. No fim das contas. E por isso acho suspeitíssimo isso de ele dar queixa. Você não acha?

*Carta*
*Quanto tempo para perdoar uma pessoa pelo erro de outra*
*O gonsalvez levou três dias para me deixar voltar para o açougue*
*Cala a boca  abelardo*
*Ia para o açougue*
*Sentava do outro lado da calçada   no muro da lavanderia*
*Gonsa nem tium*
*Não me via*
*Nem*
*Segui ele até em casa mandei mensagem ele viu   não respondeu*
*Três dias ele veio falar  vai descontar os dias*
*O zé morrido de antena ligada*
*Gonsalves deixou eu voltar para o balcão por pena  ele falou*
*Mas ele gosta de mim   eu sei   o gonsalves*


*Quanto tempo vai levar para ele me deixar*
*Voltar para*
*Cama dele   voltar para valer*

[*áudio 1, cont.*]

Entende a violência desse homem? *[\*\*\*]* Vou te contar, só nos resta mesmo a lona, jovem. Veja, ali parado. Vamos observar o corpo por um minuto. Nosso olhar para ele é um prêmio, uma reverência. Não que a gente pudesse evitar, não é possível ignorar um corpo na rua. Se bem que um antigo chefe meu dizia: não importa o cadáver, importa é a história do cadáver. Morria alguém, o interessante era o como, o quando, o porquê. O quem, entende, o quem principalmente, aí dava caldo, notinha, matéria. Talvez, ao menos em alguns casos. Dependendo, a gente deixava para lá. Mas voltar para a redação sem história, olha, ninguém voltava, seria um fracasso. *[portão abrindo, passos]* Bom dia. Esse aí acho que é médico. Doutor. Mas eu falava de mim, de nós, jovem. A gente baixava em cada lugar, meu gravador e eu. E na pauta eu encontrava outros colegas, era bom. Cansei de fazer plantão em porta de delegacia. Em porta de açougue vai ser a primeira vez. *[\*\*\*]* Certo, plantão não, vamos encontrá-la por lá. De cara. Ou, ao menos, saberemos sobre ela. *[\*\*\*]* Jovem, você não tem curiosidade, não quer ver a cara do bigode? Você verá e me dirá. Me dirá o que acha dele. Da baixeza, em todos os sentidos. Acredita que ele tirava umas selfies de si mesmo fazendo poses? Com o celular dela! De cima para baixo ainda, como se tivesse altura, aquele entanguido. Pois. Cada careta. Sei lá o que queria com aquilo, marcar território, pode ser. Vamos logo ao açougue, já ficamos aqui sentados muito tempo. *[\*\*\*]* A lona, claro. A lona. No âmago da maior cidade, o que já vi de lona... O problema desta aqui é estar na minha rua, embaixo da minha janela. É você estar perguntando *[buzina, inaudível]*, me ouvindo por causa dela, com essa carinha, com esse jeito de quem sabe o que eu não sei. O que a polícia te disse, afinal? Eles falaram com você? *[\*\*\*]* Certo. O problema com essa lona específica é o sumiço de Carlabê. Eu digo sumiço, mas ela e eu tínhamos apenas uma amizade bonita, como te disse. Isso e somente isso. Ela não era obrigada a me dizer que iria sair, quando iria sair, entende. Deixei-a bem livre e, olha, me tranquilizei quando ela foi morar com o bigode. A vida sendo vida. Mas depois, quando ela precisou, pode ter tido um ruído aí. Você é jovem, mas pode compreender, não pode? Porque naquele momento ela não podia ficar sem casa. De jeito nenhum. Quero dizer, ninguém nunca pode, quem não quer ter um lar? Mas naquele momento específico *[\*\*\*]* Carlabê precisava de um lugar, entende, um lugar. *[\*\*\*]* Com certeza: seguimos falando normalmente, ela até me procurava, e eu ocupadíssima com a mudança. Não é Carlabê debaixo dessa lona. E por isso mesmo devo olhar? Quem faz isso? Levantar a lona. Profanação! Não parece que algum tipo de maldição colará em você, como se erguer a lona fosse arrombar a tumba de um maldito faraó? *[tosse, tosse]* Era uma vez uma mulher. Ela passeava pela calçada quando seu celular tocou. Alô, disse a voz de uma velha amiga dela. Como vão os tempos, os ventos? As duas conversaram por quase uma hora. Quase uma hora, e a mulher de pé na calçada ao lado de um corpo coberto por uma lona. Falando e falando com a amiga, rindo. Via o corpo coberto, tentava não olhar mais, embora a todo momento, querendo e não querendo, sua vista pousasse ali. Como uma borboleta em uma flor. Não! Como uma bruxa que viesse se abastecer de morte para sair espalhando por aí. Ela tentava, mas não conseguia não olhar. Ficou lá, parada, porque tinha tempo e porque tinha dificuldade de prestar atenção em mais de uma coisa ao mesmo tempo, como andar e falar ao telefone. Sabe, aprendi com um neurocientista que entrevistei uma vez que é mentira que podemos executar várias atividades concomitantes. O cérebro consegue pular rapidamente de uma para outra, mas não executar as duas ao mesmo tempo. Pois o cérebro dessa mulher era meio lento. Se falava ao telefone e caminhava, ela tropeçava, esbarrava nos outros. Uma vez, quase foi atropelada. Então ali estava, parada na calçada, falando com a amiga ao celular. Com um corpo e uma lona atrás de si. Não podia seguir porque não conseguiria dar conta de falar e caminhar ao mesmo tempo. E também porque alguma força a segurava ali. Uma espécie de campo magnético ao qual ela, de novo, não prestou atenção. Até que desligou e seguiu seu caminho. Chegou em casa e não encontrou o filho. Nunca mais viu o filho. Não pensou no corpo na calçada, o corpo que tinha visto sem ver. Não teria aguentado. [\*\*\*] Perfeito, jovem. É preciso coragem para levantar a lona e, antes, coragem para olhar para a lona. Mas veja, veja, jovem, é preciso coragem também para *não* levantar. Seguir em frente e nunca mais pensar na lona. Não parece melhor, mas parece mais elevado. Continuar, mesmo sem ter todas as respostas. A lona *[buzina, inaudível]*. Se reparar, ela está menos cinza agora. Brilha. Está quase bonita, como se Deus estivesse olhando para a pessoa debaixo dela. Talvez pela primeira vez na vida. *[tosse]* Pela primeira vez na morte! *[risos]* Deus olhou para aquela infeliz pela primeira vez na vida. Na morte. A única vez que Deus olhou para ela, foi para chamá-la de volta. Para reclamar o que é seu. Má vem pra cá, vem pra cá! E a lona se iluminou. *[risos]* Mas não tem nada disso, nada de Deus. Tem poeira. As micropartículas são pequenos espelhos desse sol que não esquenta nada. Sabe, às vezes eu penso que é areia, que é terra. Deixa esse corpo dormir em seu leito cinzento, essa lona parece crescida do próprio chão desse centro sujo. Pois não deixamos! Não *[ruído não identificado, inaudível]*. Basta aparecer um cadáver que queremos enchê-lo de perguntas. Por que, meu Deus? Por quê? Venha. O açougue fica para o outro lado,

chega disso. Ou você prefere *[martelete, veículos, inaudível]*.
Não será possível para nós, será? Fugir deste corpo! Você não
para de olhar. Venha então, vamos até ele, não nego, ele me
puxa também. O campo magnético! Sente um frio esquisito?
*[tosse]* Eu *[sinalizador de entrada e saída de garagem, inaudível]*.
Quanto de comprimento terá? Ou é de largura? Como se
diz? *[\*\*\*]* Não sei, deitado ou de pé dá no mesmo. Uns um e
sessenta. A minha altura. Me segura que tive um ímpeto agora de
me deitar ao lado do corpo. Para medir. Nem gordo nem magro,
tamanho mediano, de novo como eu. Para onde você está indo?
*[\*\*\*]* Volte aqui. Veja, ali dá para ver *[tosse, tosse]* o braço do
cadáver? Do outro lado. O braço está para fora. Uma mão, o
pulso. É fino, tem a minha cor. *[\*\*\*]* Ali, olhe. Ali. Venha, não
tenha medo. É só um corpo. Menos perigoso do que se tivesse
vivo. Venha. Esse relógio! É o meu relógio. É igual! Tem até...
Espere, até a pulseira é da mesma cor! Desculpe, desculpe se me
apalpo. Você me vê? Estou mesmo aqui? *[alarme veicular]* Tem
coragem de levantar a lona? Bu! *[risos]* Estou brincando. *[risos]*
A sua cara *[risos]* A sua cara foi ótima. *[tosse]* Achou que era eu,
e você esse tempo todo falando com um fantasma! Eu, eu estou
viva, respiro. Com alguma dificuldade, sim, mas vá lá. Estou
aqui. Isso te garanto. E não tem relógio nenhum no braço saindo
da lona. Mas o pulso é fino, não acha? Pulso de mulher. Ou
de alguém bem magro. Entanguido! Vamos ao açougue logo,
jovem, é o único lugar. *[\*\*\*]* Mesmo assim... Vamos! Lá saberão
de Carlabê. E se eu encontrar o bigode, pergunto direto para
ele, duvida? *[\*\*\*]* Ah, mas você precisa ir. Fazer plantão ao lado
desse corpo por quê? Você espera que ele te conte quem ele foi,
o que aconteceu? Que te sopre respostas? *[risos]*. Ele seguirá aí e,
pelo visto, por aqui você já falou com quem devia falar. *Cariño*,
será rápido, logo voltamos. *[\*\*\*]* Nem pense, venha. Ou não,
pense! Pense: o que você acha que pode descobrir aqui? *[\*\*\*]*

Então pergunte ao seu oráculo, leia aí no aparelho. Mas saiba que Carlabê ainda não te contou tudo. Você não quer ler mais o caderno? *[cantarola]* Você precisa, você precisa, baby, precisa saber da Carlabê, precisa escrever que ela vive. Vamos.

*Carta*
Não é lugar inteiro é vaga   vaga para moça   sassa falou
É essa a sua busca
Visitei duas hoje duas vaga para moça  vagas
No primeiro a dona uma gorda de short nesse frio   fazendo
Feijão mostrou o quarto
Não tem armário não tem janela
Tem ventilador tem arara para as roupas&banheiro
O chuveiro em cima do vaso   dá para fazer duas coisas ao
Mesmo tempo
A entrada é só essa
Tem alarme se você não fecha a porta rápido
Não tem elevador não tem garagem não tem porteiro ela
Me disse o preço
Não era brincando não era para a gente  abelardo
No segundo
Quatro vagas para moça no quarto quatro caminhas o homem
Falou
Cobertor marrom babados roxos
Este aqui é o banheiro de vocês o homem disse o sabonete era
Roxo e a toalha era roxa
Pensei no banho escorrendo roxo pelo ralo roxo pelo rabo  o mijo
Descendo roxo
Sugado pela descarga
Gostou   o homem quis saber
Achei que era em geral mas o homem disse é lavanda
O sabonete
Faço questão o apartamento é cheiroso   como vocês  meninas
Gostam
Pensei se estava com o cheiro do açougue cheiro das carnes
Por desaforo falei fico com vaga o homem falou vem às 19
Com os documentos
Não fui

*[áudio 1, cont.]*

*[britadeira, serra policorte, martelete]* Agora relaxe. Muito me apraz caminhar por aqui. Conhece esse verbo? Pois. Você sabe, é também o nome de um medicamento contra ansiedade. Tarja preta. Que eu nunca tomei, entende, jovem, nunca, nunca! *[risos]* Não tenho problema em admitir minhas questões, jovem. Mas é isso, gostaria de pontuar essa coincidência, porque caminhar me faz bem, caminhar por este bairro me energiza. *[buzina, pássaros]* Escute, há até pássaros. *[pássaros]* Não é de surpreender então que Carlabê, sangue de andarilha, tenha preferido sair às ruas, a estas ruas, para encontrar um local para ser feliz. Ou ao menos que ela estivesse confortável em ter os pés e os olhos como ferramentas de busca. E há também a realidade, indubitavelmente menos doce, menos cheia de cores: no celular de Carlabê a internet era limitadíssima. Por isso, mais por isso do que por gosto, a maior parte de suas buscas seria física, uma caçada, ela felina atrás de placas penduradas em portões de ferro, muros, grades de prédios afastados da calçada. Faria tocaia esperando algum morador sair e perguntaria sobre a vaga. Eu falei para ela buscar um canto. *[\*\*\*]* Não, jovem, jovem. Apartamento inteiro, veja, aqui nesta região, não era para ela, entende, falei isso, embora, óbvio, ela desejasse diferente. Quem não quer um canto só seu? Mandar na própria casa, um direito fundamental. Deveria ser! Mas eu disse a ela que procurasse uma vaga, vaga para moça, frisei o moça. É o que ela era. Uma ingenuidade, uma inaptidão! Carlabê tocaria interfones na hora do almoço ou às dezenove e pouco, depois do expediente, o centro escurecendo e sumindo no meio da poeira, ela tossindo perguntando sobre a vaga, se poderia ver.
Agora não *[tosse]*. Agora não, o proprietário não está. Agora não,

é preciso marcar hora. Agora não, o corretor está em horário
de almoço. Agora não, só amanhã em horário comercial. Um
procedimento destinado à *[jato de água, inaudível]*. Cuidado,
venha, venha por aqui. Você se molhou? *[\*\*\*]* Nem eu, ufa.
Mas que belo imbecil, não? Nem para desviar a mangueira.
Carlabê, se estivesse aqui, teria se molhado. É cada vez mais
claro para mim, jovem, que Carlabê não tem sorte. O que ela
tem é um pé de coelho. Espere, jovem, devagar, olhe para a
frente. O farol está aberto *[buzina, inaudível]* provável é que
esse bate-em-porta-interfona colocasse o tempo de Carlabê
a perder, como colocou, e a empurrasse *[buzina, inaudível]*
do beco escuro do fim dos nossos dias juntas. Vamos, venha.
Desconfiei que se tratasse de algum ardil do inconsciente dela,
que, recém-acostumado, mal-acostumado, a ter duas casas,
custava a crer que tinha ficado sem nenhuma. Onde você
mora, jovem? Mora só? Com alguém? Você tem alguém? *[\*\*\*]*
Uh, respondendo uma pergunta com outra, seu editor ficaria
orgulhoso *[tosse]*. Não sei *[tosse, ininteligível]*. Essa briga entre
Carlabê e o entanguido eu não acompanhei. Não sei o dia
exato em que aconteceu, li depois no caderno. Mas Carlabê
não se alterou a ponto de eu notar. Não houve um dia naquela
semana em que ela se comportasse diferente. Ou talvez não tão
diferente para que eu, imersa em questões maiores, as contas,
a mudança, essa poeira no ar, percebesse. Carlabê para mim
estava arranjada. Até aquele ponto, veja, o buraco, cuidado,
por aqui, jovem, até aquele ponto confesso que na displicência,
nessa *[veículos, inaudível]* com que ela procurava uma
nova casa eu lia a tranquilidade de quem pensa ter o futuro
resolvido. Na mente de Carlabê, eu imaginei, ela poderia
conversar com o amante, poderia perguntar a ele se aquele
convite feito meses antes ainda estava de pé. Poderia seduzi-lo
para que ele perguntasse de novo, para que ele insistisse que

ela fosse viver com ele todos os outros dias, além do sábado e do domingo. Uma noite de sexo com brincadeirinhas específicas, eu poderia até ajudá-la. *[\*\*\*]* Dando instruções, claro, não *[risos]* não participando. O bigode ia babar. Naquela semana, Carlabê continuou acordando às seis, saindo de casa às seis e meia, pontual, o cabelo esticado em um coque. Foi ao trabalho todos os dias, a rotina sendo rotina, foi o que pensei *[tosse, tosse]*. Paramos um tico? *[tosse]* Pit stop para a Ferrari aqui se abastecer! É que gosto deste banco, jovem, ele quase nunca está vago. Venha, sente-se, sente-se. À vontade, jovem. Descruze essas pernas, relaxe. Ouça a cidade. *[bate-estacas, pássaros, choro de criança, vendedor gritando ofertas, martelete]* Você ouve? Vida, jovem, vida! E Carlabê lidando com a morte, cheirando a morte, cortando a morte, moendo a morte, jovem! Vendendo a morte todo dia.

*Carta*
A mulher pediu ½ kg patinho moído moí apertei com o soquete
O moedor barulho de geladeira velha o moedor travou tentei
Abrir a boca da máquina a porra da máquina a boca
Da máquina não abria porrada com o só quete a boca
Da máquina abriu
Zé morrido lá para dentro nessa hora não fica fazendo pergunta
Tirei o disco limpei cruzeta limpei rosca sem fim toda coberta
De moída limpei
Remontei
Fechei a boca da máquina na porrada de novo zé morrido
Ia ver quando quisesse abrir
Recomecei
Moí o patinho moí moí é assim que se faz no brasil é assim fala o
Gonsalves se moe se moí duas vezes para ficar mais gostoso
Na boca o freguês
Prefere assim
Embrulhei dei para a mulher bati a mão no perfez no perfex
Fui para o caixa não tinha troco para vinte a mulher pediu
Para acrescentar para inteirar voltei para o balcão  bati a mão
No álcool no perfex moí moí pesei deu vinte e poucos
Ficou por isso
Embrulhei bati a mão no perfex fui para o caixa recebi
Voltei para o balcão bati a
Mão
No perfex

*Carta*
*Segunda*
*Eles trazem as peças a carcaça do*
*Bicho no lombo penduram no gancho da balança*
*Gonsalves manda colocar na câmara anota no caderno*
*Computador pra que*
*Gonsalves garante que tudo é boi carne de vaca não tem*
*Qualidade elas tem filhotes morrem velhas demais*
*A carne é farelenta deixa gosto de palha de arroz*
*Falou o gonsalves é proibido vender*
*Um dia perguntei ao ze morrido qual é qual*
*Dá para saber não baiacu se tiver bom que importa*
*Gonsalves atende o telefone grita os pedidos*
*Pedido 585 — 5kg moída*
*292 — 4kg mignon&4kg acém*
*Maioria para restaurantes cliente de balcão pede pouco*
*300g moída&5picante&7solteiras*
*Moída é a carne*
*Picante é a linguiça*
*Solteira é a coxa sem*
*Sobrecoxa*
*A manhã vai a mil a gente não para começo de mês*
*Onde é o banco*
*Troca nota de 50*
*Vende massa de pastel*
*Não vende*
*Gonsalves sai*
*Zé vai morrer na câmara*


*A gente poderia vir morar no açougue dormir na câmara*
*Diz que*

*De noite lá dentro é zero grau*
*A gente veste todas as roupas*
*Para não ter frio&não precisar de armário*
*Embaixo das carnes penduradas*
*Por um tempo só*
*Não olhei nem placa nem vaga   fodace*

*[áudio 1, cont.]*

Sabe que Carlabê, depois da desavença com Gonçalves, ficou uns dias proibida, proibida, é essa a palavra, o bigode a proibiu de *[ônibus, inaudível]* no açougue. Mas ela *[tosse]* continuou a se vestir de branco, a fazer o coque e sair às seis e meia em ponto, como eu te disse. Suponho que tenha ficado de plantão em frente à casa de carnes, implorando por um olhar, uns minutos de conversa. É o que ela conta no caderno. Fez isso na terça, na quarta, na quinta. Na sexta o homem deve ter bebido seus goles no almoço, ou nessas incertas que dava no *[buzina, inaudível]*, e voltado com sede de Carlabê. Porque foi nesse dia que ele a convidou para uma conversa. Deve ter se assustado ao pensar que perderia aquela carne novilha e que teria que voltar a encher a cama com as mulheres de meia-idade dos bares que frequenta. Mas não posso dar certeza. Ela tinha as coisinhas dela, os compromissos, eu não perguntava demais. Sonhei, desculpe, você está no telefone? *[\*\*\*]* Desculpe. *[tosse]* *[\*\*\*]* Tudo em paz? Alguma novidade, jovem? *[\*\*\*]* Viu? Você não precisa dar plantão ao lado do corpo. *[\*\*\*]* Sim, eu estava te contando que sonhei com um predinho para Carlabê. Um prédio comum, desses que não se constroem mais. Fachada bege, varandas curtas, duas em cada andar, desses predinhos de dez andares. Sem grades cercando, sem porteiro. O primeiro andar se vê da rua, a TV ligada em frente a um sofá vazio, uma mesa redonda de madeira escura, um caminho de mesa de renda vermelha, um cesto com cajus, bananas e mamão papaia feitos de madeira, pintados, a tinta descascando um pouco. Um cheiro de refoga vindo de dentro. Sonhei com esse predinho para ela porque ele existe, fica a quatro quadras daqui, a uma quadra da avenida. É o prédio que uma vez pegou fogo no oitavo andar. As pessoas se

aglomeraram na rua em frente. Lá de dentro saía uma fumaça
preta, não dava para ver ninguém. Algumas pessoas no meio
da multidão gritavam pelos bombeiros, para chamarem os
bombeiros, até que alguém ligou. Passaram minutos, anos,
décadas, e a multidão aumentava, mais vizinhos iam para a
varanda, outros desciam apressados do predinho. Os bombeiros
não *[sirene, inaudível]*. Na confusão, ninguém percebeu que a
fumaça preta estava se acinzentando, deixando-se contaminar
pelo dia, era um dia lindo, azul-azul, a fumaça preta estava
perdendo força. Até que acabou. De dentro do predinho
saiu uma mulher de cabelo preto longo, um cigarro aceso
na boca. Ela levantou uma toalha verde e velha, e também
preta em alguns pontos. Em outros, estava furada pelo fogo.
Ela levantou aquela toalha e falou para as pessoas na rua:
"Resolvido, macacada. Circulando!" E todo o aglomerado
em frente retomou o caminho, obedecendo a dona da toalha,
que era dona do apartamento, do prédio e daquele quarteirão
inteiro. A mulher com o cigarro na boca. Nesse predinho
também mora um velho, um homem murcho que fica sentado
na varanda o dia todo, sem camisa e com um boné escuro na
cabeça, lendo jornais. Esse homem eu vejo faz tempo. Mas aí
ele ficou velho de repente. Numa semana estava forte, sentado
ali altivo, com aquele boné que lhe tirava alguns anos de idade.
Na semana seguinte estava pelancudo, curvado, e o boné o
fazia parecer ridículo e pobre. Às vezes, me pergunto se é o
mesmo homem. Se aquele poderia ter se mudado e deixado
esse no lugar. Pode *[sirene, inaudível]*, fique aqui, mas o senhor
terá que respeitar as regras da casa, o primeiro morador pode
ter dito. Que regras?, o velho deve ter perguntado. O velho
é informado do que deverá fazer e, para morar no predinho
dos sonhos, ele aceita. No dia seguinte, acorda em seu novo
apartamento, recolhe os jornais na porta da frente, tira a blusa

mesmo sentindo frio, geme por causa da artrite no cotovelo.
Coloca um boné e vai se sentar na cadeira da varanda. *[risos]*
Que bobagem. As regras da casa vão embora com as pessoas.
Não são da casa, são das pessoas, não é? [\*\*\*] Não sei, jovem,
boa pergunta. Nunca pensei, não sei se quero pensar sobre
o que Carlabê levará daqui, no nosso apartamento há poucas
regras. *[tosse, tosse]* Um dia o velho da varanda acenou para
mim. Acenei também e, desde então, me constranjo em olhar
de novo. Não quero esmolar acenos. Mas o prédio está no meu
caminho e gosto de saber que está ali. Passo naquela rua e
vejo Carlabê na varanda, apagando incêndios, mandando em
uma multidão, lendo, ficando velha. [\*\*\*] Claro, cheguei a
verificar, toquei uns interfones tentando adivinhar qual era o
do velho, falei com um morador que entrava ali. No prédio dos
sonhos não tem apartamento vago, não tem um canto, nada,
não tem nem a esperança de um dia vagar.

*Carta*
*A cama na casa do gosalvez é grande&branca*
*Lençol*
*Travesseiros brancos*
*Toalha não tem cheiro da carne cheira aqui depois do sexo*
*Eu&ele suamos*
*A gente faz ele toma banho a gente faz de novo*
*Tudo limpo*

*Carta*
*Gonsa&eu nos entendemos*
*Abelardo    você pode ir embora    sai*
*Daqui*

*[áudio 1, cont.]*

Na ocasião dessa briga com o entanguido, como eu disse, nada mudou. Carlabê *[tosse, tosse]*, ela sumiu na sexta, no sábado e no domingo. Deduzi que ela estava com ele, com o amante. Reapareceu na segunda com cara de nada. Nada de novo, nada se passou, tudo igual. Chegou no início de uma dessas noites vermelhas. Você costuma ver o véu? Agora o céu está azul, ou melhor: parece estar. É tudo ilusão de ótica, jovem. Mas o véu, o véu não. Se você olhar pela janela lá pelas seis, consegue ver. O escuro está coberto por um tule rubro finíssimo. *[\*\*\*]* Rubro, isso mesmo. Não é beginho, não é marrom. *[tosse]* Naquela segunda, Carlabê abriu a porta e *[ônibus, inaudível]*. Ela pediu desculpa e foi para o banheiro. Demorou. A ponto de, veja... eu estava tomando meus gins. E tomar gim me dá *las ganas* *[\*\*\*]* Sim, *las ganas*... uma vontade, uma urgência, entende? *[\*\*\*]* Mas você vai me fazer dizer! É necessidade, jovem, necessidade de ir ao banheiro. *[\*\*\*]* Bom, mas Carlabê se enfurnou lá, não saía nunca, a ponto de eu precisar bater na porta e perguntar se estava tudo bem. Ela não respondeu. Grudei o ouvido na porta, o barulho do chuveiro, da água caindo em pingos e, depois, se chocando contra o chão em blocos. Perguntei se estava tudo bem, disse que precisava usar o banheiro. Ela respondeu que já ia sair... Jovem? Alô? Jovem? Para onde foi essa sua cabecinha agora? Gosto de contar tim-tim por tim-tim. Te canso? Como você vai conhecer Carlabê, sentir o cheiro dela, se não for desse jeito, através dessas cenas de todo dia? *[\*\*\*]* Ah, pois, *cariño*, folgo em saber. Você é gentil, vou percebendo. Onde eu estava? *[\*\*\*]* Sim, no chuveiro. Digo, eu não, Carlabê. Pois. Eu ouvi o chuveiro parar. Em um minuto ela estava do lado de fora, toalha enrolada no corpo úmido, cheiroso. Entrei. Quando saí, ela estava na sala, de pijama, escovando o cabelo, os olhos no noticiário, sentada no sofá, a cama pronta, feita no chão logo abaixo. Me sentei ao seu lado. Vieram os comerciais, ela parou de se pentear, mas continuou olhando para a TV. Perguntei de novo se estava tudo bem. Eu via que não estava. Carlabê insistiu que sim e me disse com estas exatas palavras: Encontrei uma casa, acho. *[tosse]* Você *acha?*, eu perguntei, fazendo esta cara aqui. Carlabê baixou a cabeça, começou a tirar os fios de cabelo presos no pente e falou: o Gonçalves. Ela olhou para mim e só lembro que perguntei se ela tinha mudado de ideia sobre o convite dele, se ele, jovem, se o bigodudo entanguido tinha oferecido mais alguma coisa para ela, entende? *[\*\*\*]* Não, jovem, como eu disse, eu não tinha ideia da briga. Para falar a verdade, desde que se desenhou essa situação de devolver o apartamento, da minha volta para Minas, eu esperei por isso, sabia que ela iria morar com o entanguido. Era a saída mais simples. Ela respondeu que ele não tinha oferecido nada a mais para ela, mas que tinha imposto umas condições. Em geral, penso melhor com bebida, mas naquele momento duvidei disso. Acompanha comigo, jovem, acompanha comigo, porque você tem a cuca fresca, vai ver entende o que eu não entendi. O homem tinha convidado Carlabê para amasiar. Sabe o que é amasiar? *[\*\*\*]* Pois. Ela negou. Depois ele convidou de novo e, em vez de facilitar a transação, e bota transação nisso, impôs suas vontadezinhas mesquinhas. Condiçõezinhas. Que eram enormes, convenhamos. Impossíveis. Uma afronta! *[tosse]* E não eram condições somente para eles morarem juntos. Eram também para que ela pudesse continuar no açougue. Carlabê não disse mais nada, queria parar por aí. Mas continuei olhando para ela, esperando. A TV li *[tosse, tosse]* ligada, ela assistindo sei lá o quê. Toquei em seu braço, queria que ela prosseguisse. Que prosseguisse,

pelo amor de Deus. Carlabê me olhou e finalmente falou.
O Gonçalves não quer ver o Abelardo nunca mais, soltou.
Do sofá ela escorregou para o colchão logo abaixo. Puxou o lençol até o queixo e fechou os *[inaudível]*. Sem abrir os olhos, Carlabê completou: ele mandou eu sumir com o Abelardo, provar meu sentimento. *[tosse, tosse]* Agora você vê, jovem. Agora você vê.

*Carta*
Saramara abriu a porta desligou o filme me pegou pela mão
Noite de lua nova falou no elevador
Nem era noite ainda eu quis falar não falei
Ela me puxou saímos do prédio paramos no ponto o aclimação
Chegou subimos
A gente desceu na frente do cemitério passou um velho
Cheio de tatuagem uma lata de tinta velha no colo
Ele comia com a mão a comida dentro da lata
Saramara me puxou paramos em um túmulo de um homem
Aqui uma boa pessoa  saramara falou  como você sabe  falei
Por causa das flores  ela falou
No túmulo tinha flores branquinhas pequenas&novas
Saramara começou a digitar no celular o celular não pegava
A internet
Ela desistiu não vinha nada não baixava nada
Ela pediu o pé do todi o pé do todi estava no
Meu bolso&colocou por cima do tumulo&fez uma oração
Uma mulher lá longe fez o sinal da cruz
Saramara me mandou ficar de joelho repetir umas palavras
Esqueci
Esqueci agora na hora repeti para acabar com aquela vergonha
Se você tivesse chegado se estivesse lá  meu irmão
Dava logo era uns tapas na saramara
Mandava aquela mulher acordar virava de costas&saía
Vazado
Fiquei calada a lua sumiu rezei para acabar aquilo  saramara
Pegou o pé do todi de cima do túmulo  me devolveu
Quero ver  falou
Quero ver agora você não acha  um lugar para ficar

[áudio 1, cont.]

[serra policorte] Vamos, seguimos, jovem, venha, deixe esse celular, vamos. Jovem! [\*\*\*] Não acho que aquele corpo vá sair de lá [risos] Calma, você parece confuso. [\*\*\*] Não estou te segurando, pode ir se quiser, correr atrás do corpo sem nome. Escute, uma pista, vou te dar porque, como eu te disse, aqui no centro damos esmolas. Essa demora toda para recolher, hum, não deve ser ninguém, eu ia dizer importante, mas espere, não é isso, não deve ser ninguém assim de relevo… ah, também não é isso, por que você ri, jovem? [\*\*\*] Isso! Perfeito. Não há de ser alguém que vá render matéria! Não será uma pessoa, um ser humano digno de nota, pronto! Você falou tudo. Então siga comigo, daqui a pouco é hora da fome, aquele açougue deve estar um inferno. E quem planeja chegar ao inferno sem companhia? Hein? Se bem que… não sei. Não deve ter muitos clientes. Ou talvez tenha. Talvez tenha de algum prédio novo, desses que estão nascendo a cada o quê, quarenta passos? Trinta passos? Está tudo crescendo por aqui. Este centro é uma barriga verminada, jovem, só incha. Mais e mais gente, apesar da poeira. Mas não é qualquer gente. [\*\*\*] Não, não se engane. Isso não é um elogio. Eu gosto da gente qualquer, entende. Caso contrário jamais teria acolhido Carlabê. O tipo de pessoa que você não vê andando na rua, porque vê o tempo inteiro. Estamos rodeados por ela. [\*\*\*] De que tipo ela era? Posso, claro, elaborar para você. Sabe que naquela casa de carnes eles nunca pediram para ela prender o cabelo? Nem que trabalhasse de branco. Ou que usasse luvas. Jovem. Jovem, venha [inaudível] arrede, como se diz na minha terra, deixe o casal passar. [risos] Talvez a gente deva acelerar o passo também, vamos [buzina, inaudível] ia dizendo, você já entendeu: era Carlabê que fazia questão do asseio, de prender o cabelo, de usar branco. Talvez quisesse se confundir com os tantos enfermeiros que andam nestas paragens. Venha, acelere, o barulho está demais, demais aqui *[tosse] [britadeira, buzinas]*. E as luvas, ela pediu, jovem, ela requisitou ao bigode logo na primeira semana. Não surpreende, ele nunca pensaria nesse tipo de coisa. Pois o meu bebê pensou, nem sei com base em que referências. Pensou e pediu, e todos os dias de manhã ela saía penteada, esticada, toda de branco. Ia trabalhar. Não é só limpeza, entende? Carlabê tinha algo dentro dela que a movia para a frente, siga, vá. Algo do qual ela não podia se dissociar. Como aqueles dois que *[tosse, tosse]* acabaram de nos ultrapassar aqui. Não dá para entender mais qual é a mão de quem, de quem é o ritmo da passada, a quem pertence aquela pressa. Ah! Gosto! Me aprazem, jovem, os pombinhos *[risos]*. Não alimente as pombas! Mas dê, sim, algo para que se alimentem os pombinhos, dê passagem, a chance de seguir, sua mais profunda inveja *[risos]*.

*Carta*
*A gente voltando do cemitério você apareceu*
*Saramara e eu   no ponto do princesa isabel   dois homens*
*Passaram disseram coisas*
*Foram*
*Embora rindo muito nessa hora já senti seu cheiro abe*
*Farejo você*

*Carta*
*O princesa chegou subimos passei o bilhete para saramara*
*Ela foi sentar lá no fundo do ônibus vazio*
*Quando fui passar para mim não deu não deu*
*Cobrador tomou o bilhete da minha mão tentou passar de novo*
*Travou tá sem crédito ele disse*
*Eu tinha colocado quinze*
*De manhã*
*Então foi seu cartão que deu pau paga ou desce não vou*
*Pagar*
*Saramara veio lá de trás*
*Segurando nas alças das cadeiras todas vazias pelo caminho*
*Que foi ela quis saber*
*Ônibus parou no ponto subiram umas pessoas*
*Cobrador começou a me acelerar eu*
*Tentando explicar para saramara*
*Cobrador mandou sentar no banco da frente*
*Saramara tentando pegar meu cartão para passar cobrador*
*Querendo receber da pessoa atrás de mim ônibus arrancou*
*Saramara caiu cobrador desatou a rir*
*Isso você viu abelardo chegou atropelando*
*Escalou a roleta ajudou saramara a se*
*Levantar&falou*
*A gente não vai pagar porra nenhuma*
*Eu só queria sentar o cobrador olhou com raiva*
*Tive medo do motorista*
*Se ele arranca bem na hora que a gente está descendo*

*Carta*
*Sua perna na de saramara você nem mexeu*
*Ela riu quando contei a ela da proposta do gonsalves você sabia*
*Ela gargalhou*
*Saramara defendeu você abelardo*
*Que eu não podia nunca sumir com você sua perna ali na dela*
*Era   obrigado*
*Ou então era você me dizendo   viu mudei*
*Sentado ao lado da saramara sem uma gota de suor no buço*
*No rosto inteiro bem diferente daquela vez no metrô*
*Aquela vez na páscoa*
*A mulher de cabelo escuro seus olhos no decote dela*
*Você tentou olhar pela janela ela cheirava gostoso sorriu*
*Para você&ia*
*Você achou que fosse*
*Pegar na sua perna falar alguma coisa  você se levantou com*
*Pressa saiu*
*Com saramara você ficou tirou do olho dela*
*Um fio de cabelo caído*
*Cochichou sobre o trocador   ela suava   olhava para a sua boca*
*Pensei que era porque era saramara*
*Você conhece bem a saramara   é uma pergunta   conhece*
*Ela tentou se levantar você segurou a mão dela*
*Puxou pra*
*Baixo*
*Juntos até a gente descer*
*Na avenida de novo*

*Carta*
Você não sabe como aconteceu   não me venha   começou com
Ela
Ela se trocou em casa pijaminha ofereceu gin
Você não bebe por causa da mãe mas ela não chamou de gin
Chamou de suco   suquinho pode   duas fatias de laranja
Uma no seu copo uma no dela   o pepino   ela quis saber
Se você curtia  você lerdo não se ligou ela enfiou o pepino
Na boca chupou devagar  esperou
Saramara pegou sua mão enfiou no ganchinho dela
Você ficou loko
Você é loko Abelardo  a saramara  você passava o dedo
No ganchinho dela  ela aaa  mas você não conseguia agarrar
Só conseguia encostar naquele filezinho teimoso   saramara
Mal respirava o ganchinho  a xota  você chamou de xota   você
Chamou de puta   vou comer sua xota puta   que língua é essa
Saramara perguntou  você continuou  os dedos que língua é essa
Saramara tentava dizer não tinha ar  saramara agarrou seu
Cabelo  me chupa  eu não podia olhar
Você fechou os olhos
Saramara soltou seu cabelo pegou o copo prendeu bebida na
Boca  para entregar na
Sua
Um beijo desceu queimando o dia tinha sido tão frio o
Cemitério
Você achou bom o gin a saramara enroscou a mão no seu cabelo
Puxou
Sua cabeça você teve medo de não respirar ela não parava você
Não parava ela segurando    a sua
Cabeça

*[áudio 1, cont.]*

O que é o amor, jovem? Me diga você, que tudo sabe. Nessa idade sabemos o mundo, podemos sobreviver a uma cidade como esta. O amor é ensaio, elocubrações em cima de erros e de um futuro impossível, entende? *[tosse, tosse]* Uma preparação para outra coisa que nunca, veja, nunca chegará a ser. Eu e Carlabê não falávamos de amor. Mas olhando nos seus olhos, recupero a imagem dela e quase a vejo, chegando aqui. Penso que ela sabia sim, ela sabe. Sabe do que se trata. Agora desapareceu, sumiu, escafedeu-se, minha Arlinda Orlanda. Volte! Volte para casa. Perceba, é essa a questão. Onde é a casa de Carlabê? O que é casa, jovem? Pertencer? Esconder? Descansar? *[caminhão, buzina, inaudível]* paramos. Aqui. Paramos. Não atravesse com o farol aberto mesmo que a rua pareça deserta. Essa curva esconde os carros que estão vindo. Pronto, fechou. Vamos.

*Carta*
*Quando saramara se levantou falou*
*Ela não demorou a sair do sofá   foi buscar mais gin*
*Ainda estava sem a parte de baixo voltando da cozinha*
*Foi olhar pela janela estava de costas*
*Falou*
*Que não parecia tossiu não parecia mesmo*
*Ela não tinha uma noção*
*Que você é tão livre*
*Mas você já tinha ido   abelardo   tinha ido*
*Meu irmão sobrava*
*Eu*

[*áudio 1, cont.*]

Escute, jovem: Carlabê brotou com Abelardo no útero da mãe. Cresceram juntos, ele ficando para trás dia após [*buzinas, inaudível*]. Venha, falta pouco, *cariño*, prometo [*tosse*]. Este é o menino, diziam os médicos, apontando para o saco gestacional maior. Mas era Carlabê. E esta é a menina. Mas era Abelardo. Na décima quarta semana, no terceiro ultrassom o coração dele tinha parado. Uma notícia dura, você imagina. Mais ainda para a mãe de Carlabê. Era a primeira gravidez dela, aos quarenta e um anos. [*tosse*] O médico disse que sentia muito. A mãe de Carlabê não falou nada. Esperou o fim do exame, calada, saiu do laboratório e começou a caminhar. Só então chorou. Deu duas voltas a pé no quarteirão antes de pegar o ônibus para casa. Semanas antes, depois do primeiro exame, a mãe de Carlabê tinha reajustado as expectativas e refeito as contas para receber dois bebês. Era um risco do tratamento, tinham feito uma fertilização, mas a probabilidade não era grande. Agora teria de reencolher-se e aceitar um filho só. Ao menos era o menino. O marido não ficaria tão triste. Mas no quarto mês descobriram que era Carlabê. [\*\*\*] Eu pesquisei, olhei na internet. Na minha época tinha o CAR, *computer-assisted reporting*, o computador ajudando o repórter a fazer a matéria, entendeu? Não o contrário. A gente só buscava umas referências, para não pisar [*buzina, inaudível*] e passar vergonha. Está lá: uma em cada dez pessoas vem com um gêmeo que morre antes de ser notado. Muitas vezes, nem a mãe fica sabendo. Mesmo sem conseguir trazer à consciência qualquer lembrança desses tempos primitivos, a batida de outro mínimo coração, o som das células se multiplicando em velocidade recorde e, depois, nada, o escuro, a solidão, mesmo sem essa memória, o bebê remanescente se lembra. Essa sobra é o principal sintoma da Síndrome do Gêmeo Evanescente, do Gêmeo Desaparecido, do Gêmeo Desvanecente. *[\*\*\*]* Existe, ora, se existe! Pode googlar. Era a síndrome de Carlabê. Outros sintomas: angústia, sentimento de perda, sentimento de rejeição, medo do abandono, do escuro, insatisfação, desadequação, Carlabê tinha de tudo um pouco. Quem não tem? *[risos]* Mas o ponto é que Carlabê sempre soube de seu gêmeo, sua mãe nunca se deixou esquecer da criança morta. O homenzinho, era o homenzinho. Veio escrito no laudo que receberam depois. *[tosse, tosse] [\*\*\*]* Você encontra fácil, jovem, pode ver na internet, a mensagem é padrão: o DNA extraído da amostra recebida revelou sexo masculino. Escute aqui, *cariño*, não vá comprando essa história, não vá comprando qualquer história. *[\*\*\*]* Nem as do caderno. Não se tira um gêmeo de catorze semanas do útero; isso colocaria em risco a vida do bebê saudável. Esse exame nem seria possível! O gêmeo fica lá, para ser reabsorvido pela placenta, é muito nutritivo, dizem os *[tosse, ininteligível] [\*\*\*]* Não tenho essa informação, se convença: não está comigo. O que foi? O que é esse olhar? *[\*\*\*]* E por que não? Claro. Mais uma e seguimos. Não queremos deixar seu editor pensar que você está à toa.

*Carta*
Você meu amigo de fé  meu irmão  abelardo  amigo de tantos
Caminhos&tantas jornadas cabeça de homem coração
De menino do meu lado em qualquer caminhada
Lembro as lutas meu bom companheiro grande guerreiro
Abelardo você é o mais certo das horas incertas


A saramara    abe  tu é lokomaluko

[*áudio 1, cont.*]

Não tem nada pior, jovem, do que não saber e saber ao mesmo tempo. [*veículos, bate-estacas, martelete*] Mas o que a gente não sabe a gente não publica, não importa o tamanho da sombra que a certeza faça sobre a sua dúvida. Mas se a sombra da dúvida existe, pequena, um centímetro, um milímetro, não importa. Nós, jornalistas, por obrigação nos agarramos a ela. [\*\*\*] Então. [\*\*\*] Então, me deixe falar. Vamos aos fatos. Cheguei em casa há pouco tempo esta manhã, e tof! Esse vazio, esse tapa na cara. Mas não foi surpresa. Ela já tinha saído, já estava vivendo em outro [*inaudível*]. Gravou? Vivendo em outro lugar. A surpresa foi o caderno. Ela deixou e não voltou para buscar, não veio ver as correções. Demorei a entender que era um presente. Ela não queria mais o caderno [*tosse*], não precisava. Hoje pela manhã estava como eu tinha deixado no domingo. No domingo, entende, açougue fechado, tudo fechado, eu deduzi que ela devia estar em casa, onde quer que isso fosse. Eu peguei o caderno e corrigi naquele dia mesmo, não pretendia voltar aqui hoje. Amanhã vou embora, como eu te disse. Faz muito tempo que eu [*tosse*] fazia muito tempo que eu não dormia fora [*tosse, tosse*]. E justo nesse período eu [*inaudível*] fui para o hotel. Justo nessas semanas. Ela sabia, a gente se falava por mensagem. Todo dia. Ela me tinha assim, como referência, entende? Para tirar dúvidas ou compartilhar, conversar, sei lá, me perguntava, eu respondia. Mas as últimas mensagens ela nem visualizou. Achei que estivesse [*tosse*], achei que estivesse ocupada. Quando tentei ligar, Carlabê estava sem bateria. Ou com o telefone desligado. Isso foi ontem. Mas faz uma semana já que a gente não se fala, por isso pode ser preocupante. Pode ser. Pode não ser. Sabe, eu tive um editor que não deixava a gente usar "pode" na matéria. Tudo pode, ele dizia! *[buzina]* De um jeito ou de outro, uma certeza eu tenho: esse entanguido não tinha nada que colocar polícia no meio. Prestar queixa! Você vê. O sujeito gosta de uma confusão, da baixeza. Tenho para mim que ele procura Carlabê por outras razões, entende, não por afeto. Não por preocupação. Talvez, jovem... e se, se Carlabê em um momento de fraqueza pegou alguma coisa dele, um dinheiro? Ou da casa de carnes? Antes de ir embora, entende? Comigo ela nunca faria isso, nunca fez. Mas com o bigode, hum. Ele não gostava de esfregar na cara que tinha grana? *[buzina]* Talvez ela tenha pegado para sumir. Se ela quisesse mesmo desaparecer. É o que venho pensando. Ela vendeu o celular e se jogou no mundo. Ou então esta imagem, jovem, que vejo em minha mente: o celular dela caído, esquecido no banco de couro de um carro qualquer *[tosse, tosse]*.

*Carta*
*Osso olhar o gonsa*
*Apertei bem forte o pé do todi no bolso da calça*
*Era a sua mão   abelardo fica calmo  controla*
*A gente precisa de um lugar*
*Vou pensar no fim de semana falei    o fim de semana passou*
*O gonsalves fica olhando o olho dele pergunta*
*Se aceito*
*Sem você    não vou*

*Carta*
*Saramara fica com conversa   me encosta*
*Ela aqui  gonsalves lá*
*Culpa sua abelardo seu filha da puta    filho*

[áudio 1, cont.]

Agora chega de ficar falando de Carlabê, vamos até ela. Vamos, jovem, ela deve estar no açougue, ou ao menos terá passado por lá. [\*\*\*] Sim, tinha saído há um tempo. [\*\*\*] Escolheu! Imagina o que Carlabê escolheu nesta vida? Foi obra adivinha de quem? De quem? De quem? [\*\*\*] Do bigode, do entanguido, por óbvio. Ele proibiu Carlabê de voltar, proibiu não com essa palavra, entende, foi de maneira sinuosa. Homenzinho vil. Aquele açougue, jovem, era o lugar dela, o que a fincava aqui. Lá vão saber dela. Vão nos dizer o que o bigode vem escondendo! *[bate-estacas, martelete, veículos]* Chegando ao açougue, você vai ter coragem de olhar? [\*\*\*] De minha parte, não sei. Mas acho que sim. Acho. Não é invasivo visitar o mundo dela assim, sem convite? *[bate-estacas, veículos]* O que posso entender dos seus silêncios, jovem? [\*\*\*] Já que somos amigos, ou ao menos estamos amigos, você poderia dizer mais? Ser mais claro? Compartilhar quem te falou dela? O nome dela? Hein, *cariño*? [\*\*\*] Ah, é assim. Mas isso é você ou esse outro que te fala aí pelo celular dois? Escute, é feio chantagem. [\*\*\*] Calma lá, opa. Vamos então. Não ache que não sou grata pela escuta, sou sim. [\*\*\*] Estamos chegando, acredite. Valerá a caminhada, seu tempo, esse olhar *[risos]* Escute, esqueça o que te falei sobre Carlabê e a gênese dela. Os pais dela fizeram foi uma sexagem fetal. Antes, logo no começo, quando descobriram que eram dois. Sabe o que é isso? É para descobrir o sexo. O sexo da criança, hein. E aí descobriram que pelo menos um dos fetos era menino, para a alegria do vô Abelardo, dom Abelardón, Sir Abelard, que pagou pelo exame na rede particular, mal se contendo de alegria ao saber da chegada dos primeiros e potencialmente últimos netos. Sexagem fetal, a mãe de Carlabê mal conseguia dizer a palavra. Não era uma questão de pronúncia. Era ter sexo no início da palavra. Ela vinha de anos de seu sexo escancarado, primeiro ela e o marido tentando ter o filho, o filho não vinha, e todos perguntavam da criança ausente, se estavam fazendo direito, todo mundo dizia que a mãe de Carlabê tinha que se entregar mais, tinha que ficar de cabeça para baixo no pós-coito, tomar de quatro para ajudar os espermas do marido a entrar bem fundo. [\*\*\*] Mas você me interrompe, tira a gente da história para [\*\*\*] *Cariño*, veja, veja. Relaxe, aproveite. Como eu sei, ora, como eu sei. Que importância tem? [\*\*\*] Você acredita demais nos manuais. E essa parte não precisa entrar na sua matéria. Quanto espaço, afinal, você terá? Apenas escute e depois me diga se faz ou não faz sentido, se não é uma *[britadeira, inaudível]* história *[tosse]*. Onde *[tosse, tosse]*, onde é que eu parei? [\*\*\*] Certo, pois então: depois, entraram os médicos enfiando equipamentos boceta adentro, posso dizer boceta?, vagina adentro, dizendo o momento em que deveriam namorar, entre aspas. Chamavam a trepada de namorar, mas também não era mais trepada, não podia ser, não se o que faziam tinha hora marcada, sem beijo nem nada. Namoraram, namoraram, mas nada deu certo. A fertilização foi a saída, a última esperança. Ela já estava com mais de quarenta anos, como eu disse. Melhor assim do que ao acaso, eles ponderaram. Poderiam escolher implantar pelo menos um menino, mesmo que os médicos insistissem que a saúde dos embriões e a estabilidade das células eram o mais importante. Mas eu aqui, se você me pergunta, eu acho que estabilidade é um conceito sobrevalorizado. Não acha? [\*\*\*] Queriam um menino porque é o homem que carrega o sobrenome da família. A mãe de Carlabê pensava assim, todo mundo pensava assim. [\*\*\*] Não, ela não tinha plano de saúde, mas isso não foi problema. O pai do marido dela pagou o tratamento, exames, médicos, enxoval completo. Ele tinha seis lojas de utilidades domésticas: primeiro necessidade, depois sonho, porque pagava por outros sonhos, maiores e menos utilitários. Segundo o nosso joguinho. Meu e dela. Enfim, assim viria seu neto, o portador de seu sobrenome, o cuidador de sua velhice. Se chamaria Abelardo, o menino, herdaria o pacote completo, nome e sobrenome. Mas ele fez o favor de morrer antes de qualquer coisa.

*Carta*
A moça na santos imóvel eu fui lá a moça falou olha pela
Interneti
Fica mais fácil no
Seu valor
Esperei o dia todo para chegar em casa consegui não achei nada
No nosso valor  abe
Amanhã vou buscar pela rua mesmo   vou achar

*Carta*
*Quero morar eu&você&só*
*Irmão*
*Mais ninguém*

*[áudio 1, cont.]*

Que Carlabê você vê aí nessas linhas? Para mim é difícil saber, pois eu a conhecia. Não consigo ver Carlabê apenas pelas palavras dela. Aposto que você também tem vontade de dar a mão a ela. Para onde mesmo você vai escrever esta matéria? Que seção, eu digo. Achei que era uma notinha policial, mas, olha, acho que poderia virar algo mais *[tosse, tosse]*, algo mais longo. Não concorda? Vamos tratar de achar um belo enredo para você. Esquece aquilo *[tosse]*, a história de Carlabê e do irmão, da sexagem fetal, jovem, esse exame é recente, duvido que fosse possível naquela época. *[\*\*\*]* Você desconfiou, eu percebi. A melhor versão, você merece saber *[tosse]*, estou convencida que é esta aqui: Abelardo não morreu no útero e foi reabsorvido. Abelardo nasceu. Chegou aos, chegou aos oito meses e foi tirado da barriga da mãe de Carlabê em uma cesárea de urgência. Induzir não tinha dado certo. A mãe de Carlabê aguardou dois dias no hospital. Ela na cama, e ao lado dela as gestantes de crianças vivas chegavam, pariam e partiam. A mãe de Carlabê aguardando seu parto, sabendo que dentro dela havia um bebê morto. Havia um vivo também, mas havia um bebê morto. O médico decidiu parir *[risos, tosse]*, desculpe, partir para a cesárea. A primeira a ser retirada foi Carlabê. Um bebê miúdo e roxo que demorou a chorar e, quando chorou, foi bem baixo. A mãe de Carlabê sorriu ao escutar. E esperou. Tinha a expectativa ainda de ouvir o choro do outro neném. De ouvir o médico dizer que tudo não tinha passado de um mal *[inaudível]*. Abelardo demorou para sair e, quando conseguiram puxá-lo, estava amolecido. Foi colocado no colo da mãe, ainda quente pelos sucos da placenta. A mãe tinha carregado o bebê morto por mais cinco dias depois de verem no ultrassom que o coração dele já não batia. *[tosse, tosse]*

Note: em qualquer versão, Abelardo é um ser sem coração. Carlabê na barriga percebeu a inércia do companheiro e não entendeu nada. Houve um bebê, havia um outro além dela, mas estava morto. Abelardo nasceu, foi fotografado deitado de olhos fechados no peito da mãe, mão na mão dela, ela apertando, apertando aquele bebê, o filho, tentando segurar dentro do corpinho a alma que já tinha partido antes desse corpo ser enterrado e de Abelardo, aquele nome, e tudo o que se tinha sonhado para ele ganharem uma missa. *[tosse]* Foi assim. *[\*\*\*]* Foi sim, pois me lembro de Carlabê contar que o irmão tinha berço, havia no quarto dela um espaço dedicado a ele. Ele tinha nascido antes dela, na verdade, antes de sequer escolherem o nome da filha. O filho tinha vivido uma vida inteira. Tinha recebido nome e sobrenome, as pedras fundamentais como são. Nome e sobrenome a partir dos quais se esculpiu uma plaquinha, se bordaram toalhas. Construiu-se um bebê saudável que mamava muito bem, como tinha sido com o pai, depois um menino travesso que assobiava o piado de vários pássaros, tinha aprendido com o avô, e que nunca reprovaria na escola. Por fim, um homem-feito de barba escura aparada, casado com uma mulher sorridente de tamanho médio, multiplicando os Abelardos. Ele ocuparia o berço abaixo da placa de madeira com ursos de boné segurando as letras em azul bem claro, "Abelardo", berço vizinho ao de Carlabê, em que na placa se lia "Carla" nas letras cor-de-rosa. Um filho nascido vivo, que mãe, pai, avô nunca veriam morrer, não, ao contrário, seriam enterrados por ele. E foram, podemos dizer. Não acha? *[\*\*\*]* Calma. Ainda não terminei. Não quer saber o restante, jovem? Eu acho que quer. Eles voltaram para casa do hospital, mãe, pai e Carlabê, cobertos de fumaça.
O pai dirigia e fumava, o vidro fechado por causa da chuva. Carlabê dormiu, a mãe chorou. *[tosse, tosse]* Em casa, a mãe

colocava o bebê nascido vivo ora em um berço, ora em outro, chamava o pai da criança, Nosso anjinho dormiu, como se ele não soubesse, como se não fosse notar que um bebê não poderia ser dois. Mas ele notava, ele sabia: seu filho tinha desvanecido. Abelardo Neto tinha nascido em 12 de maio de 1995 e morrido em 12 de maio de 1995, aos oito meses de vida intrauterina, quando já tinha quarto, roupinhas, cueiros, fraldas de plástico e de tecido, placa com nome e um lugar na fila de Abelardos; era o terceiro. Agora nunca mais haveria Abelardo terceiro. Quem colocaria em outra criança o nome de um bebê morto? Depois disso, Abelardo avô foi visitar o filho só uma vez. Abelardo pai, porque só via o berço vazio, foi se retirando aos poucos, parou de ir ao quarto dos filhos, parou de subir ao segundo andar da casa, voltou ao trabalho e do trabalho não voltou. Fôlego, jovem, estamos quase chegando, venha, é na próxima quadra. *[freada de carro, buzina]* Melhor esperar abrir o sinal. Carlabê já tinha mais de dois anos quando conseguiu formular a frase *Cadê papai?* Viajou, a mãe respondeu, definitiva. Tinham perdido o menino, o varão. E o varão era o norte, a razão de tudo. Casa, casamento, filhos. Foi isso. *[tosse, ininteligível]* Talvez não, talvez seja apenas a força dessa morte impensável, os cinco dias que o menino boiou inerte na barriga, a perda de um filho, um bebê pronto que poderia ter sido alguém, ter sido salvo e ter salvado a todos. Mas não, talvez a razão seja a crueldade dos fatos, a mãe de Carlabê ter tido um filho e não ter tido. Por causa disso o pai de Carlabê foi embora, o avô sumiu, a mãe enlouqueceu, devota do menino, atribuindo cada tropeço e cada glória de sua vida à ausência do filho, à impressão perene de sua presença. Abelardo estava em todo lugar. Ah, se Abelardo fosse vivo... olhai por nós, em nome do filho, isso só pode ser obra do meu menino! A mãe de Carlabê costumava pensar muitas vezes ao dia em sussurros ou em voz alta. *[tosse, tosse]* Carlabê ouvia e comungava com o sentimento da mãe e com ele preenchia o buraco feito por sua síndrome. Talvez. Agora caminhamos até o fim ali, viramos e chegamos. *[tosse]* Mas *[tosse]* Está gravando? Carlabê nunca, eu repito, nunca me contou nada disso. Essa história é minha, pertence a mim, fui eu quem compus, com os fragmentos que ela espalhava em gestos, olhares, murmúrios. Eu colecionava cada um deles, cada gesto, como os pedaços que recolho do bairro. É tudo e não é muito, bem sei, é só para lhe dizer que ela ainda vive, Carlabê, como quem carrega um tijolo consigo para mostrar ao mundo como é a sua casa. A vida de Carlabê não começa com um nascimento, mas com essas mortes, as duas. A de Abelardo. E a da mínima possibilidade de dar certo. Fiquemos com essa verdade, o fato do qual você tanto gosta, *cariño*, que tanto pede. Houve uma vez um Abelardo, um irmão, mas não há mais. Não fora da mente de Carlabê. *[buzina, grito não identificado]* Pronto, pare, jovem, pare. É ali, veja só que nome ridiculamente preguiçoso *[buzina, inaudível]*, os aventais encardidos, a vitrine engordurada. Pobre Carlabê, minha bebê. Sabe que ela não tinha coragem de usar o banheiro do açougue? Ia no do restaurante ao lado, tamanho nojo. Uma vez ela me falou sobre aquelas fitinhas coloridas coladas no teto. *[\*\*\*]* Aquelas. *[\*\*\*]* Isso. Disse que eram para espantar os mosquitos, dificultar o voo das moscas. E não adiantava *[risos]*. Olhando daqui, o conjunto é todo triste, não acha? E sujo. Quer ver, te mostro o infeliz. Aquele geringonça! *[\*\*\*]* Espera. Escute, pensando melhor, você fica. *[\*\*\*]* Aqui, você fica aqui, ok.? *[\*\*\*]* Não, veja, jovem *[\*\*\*]* Mas é exatamente essa a razão. Toda essa pinta que você tem *[\*\*\*]* É claro! Está escrito em você inteiro que você não é deste bairro. *[\*\*\*]* Jovem, jovem, acredite em mim. Eles desconfiariam, e assim não apuramos nada. *[\*\*\*]* Não, também não, jovem, que ideia, eu não poderia deixá-lo. [\*\*\*] Muito esperto, você. O caderno vai comigo. [\*\*\*] Jovem [\*\*\*] *Cariño*, você não ficará sem utilidade. Se notar qualquer movimentação anormal, alguém saindo às pressas lá de dentro, alguém baixo, bigodudo e entanguido correndo ao ouvir o nome dela, vá atrás. Tem autorização para caçar! Sendo jovem, você tem mais perna, mais fôlego. E enxerga mais de longe. E eu falo a língua dessa gente, acredite, eles têm um idioma próprio. Um jeito. Vou lá. [\*\*\*] Está certo. Mas uma. [\*\*\*] Duas, tudo bem. Duas e vou lá.

*Carta
Nada ainda
Nada
No valor*


*Topa ir embora abelardo vai      eu vou morar com o bigode*

*Carta*
*Hoje fui na igreja a igreja vazia rezar pedir ajuda para as*
*Santas cecilia donata a*
*Cecilia eu já tinha ouvido falar a donata uma velha mandou*
*Eu rezar para ela   os ossos daqui são de verdade*
*De verdade ela disse me ajoelhei apertei o pé do todi no bolso*
*Santa donata deitada um caixão de vidro*
*Apertei o pé do todi sua mão   abe*
*Pedi uma casa*

[áudio 2]

Olha [veículos, buzina, inaudível] Carlabê não está. Carlabê [risos] Te enganei? Caiu no meu muxoxo? Pois é verdade. Ela não está, mas esteve. Passou por lá. Está aliviado? Está? [risos] Olha só para você. Eu estou. Podemos respirar. Ela de vez em quando fazia isso. Saía de casa e passava em frente ao açougue, para dar uma olhada na sua vida antiga. Tinha saudade, claro [tosse, tosse]. Bom, ela passou lá, foi o que o rapaz disse. [tosse] [\*\*\*] Ele fez que sim com a cabeça quando perguntei. Confirmando, entende? Aí, para disfarçar, continuei ali, naquele futum de carne, quase não conseguia respirar. Pedi esta, cento e cinquenta de moída. Quer levar? No hotel não tenho onde fazer. [\*\*\*] Então vou dar para um mendigo. Para Stella, se a encontrarmos. Não quer mesmo? Parece boa, a cor está boa. [\*\*\*] Falei assim para o rapaz: Cadê aquela menina que trabalhava aqui? Ela ficou me devendo um troco. O rapaz não sabia de quem eu estava falando, então descrevi a Carlabê e ele disse que ela não trabalhava mais lá, que tinha saído. Eu perguntei se ela não tinha voltado, se de vez em quando não passava por ali e ele respondeu que achava que tinha visto Carlabê ontem ou hoje. Não tinha certeza. Então ele perguntou se eu queria mais alguma coisa e esticou o pacote com a carne para mim. Mas não querendo entregar muito, sabe. Então Carlabê está viva e andando por aí. É o que podemos mesmo inferir, não acha? Podemos respirar. [tosse, tosse] Iremos vê-la aqui pelo bairro a qualquer momento. Mas não vamos esperar por isso. Vamos atrás da notícia, venha. Viu como foi rápido? Carlabê deve [\*\*\*] Pois não, eu explico, claro [risos]. O que você não entendeu? [\*\*\*] Ora, eu me aproximei do balcão como uma cliente qualquer, eles aqui me reconhecem como sendo alguém da região. Eu me aproximei e perguntei ao sujeito, o único funcionário que havia no açougue, se Carlabê tinha passado por lá e ele me disse que sim. *[\*\*\*]* Não, não exa *[\*\*\*]* Mas veja *[\*\*\*]* Escute, jovem. Ele também não negou, não disse que fazia tempo que ela não aparecia, entende? *[\*\*\*]* Depende! Depende do tipo de coisa em que você quer acreditar. Uma cobra que aparece no quintal de noite, por exemplo. Já aconteceu comigo, na minha cidadezica, no meu vulcãozinho. *[\*\*\*]* Ok, cratera, na minha craterinha *[risos]*. Uma cobra no quintal de noite, jovem. No dia seguinte, o que você acha melhor: encontrá-la lá de novo ou que ela tenha desaparecido? *[\*\*\*]* Criança! Então porque ela sumiu você entende que ela morreu, é isso? Que foi pega por um pássaro qualquer? *[tosse]* Jovem, ela pode estar te observando nesse instante, te medindo, pode estar dentro da sua casa parindo novas cobrinhas. Sabia que nas cobras filhotes o veneno é ainda mais forte? *[\*\*\*]* Pois é! Não caia na do bigode, jovem. Que história! Eu prefiro dar de cara com a cobra e, quem sabe, convidá-la para um café. Ah, a natureza. É como diria meu pai. A natureza é tão natural! Carlabê está por aí. *[\*\*\*]* Ok? Amém? *[\*\*\*]* Ah, desculpe se te interrompo, mas, jovem, escute. Escute. Escute. Eu sei, só eu sei o que vi nos olhos do rapaz lá dentro, e, sendo honesta, não tenho tempo, não tenho paciência para mergulhar em elocubrações, assombrações *[ininteligível]* muita coisa para fazer. Amanhã vou embora. E eu grudada aqui em você, um desconhecido. É bem a cara da maior cidade. *[\*\*\*]* Não entendi. Não captei, jovem, mas se quer algo concreto posso te dar isto: a minha sede. Agora sou eu que preciso beber *[\*\*\*]* Beber uma água, jovem, água para apagar o incêndio aqui dentro, a urgência de vê-la. A urgência e a perspectiva! Que horas são? *[\*\*\*]* Pois sim, pois sim, conheço um estabelecimento logo ali, na rua de trás. Venha, agora é a sua vez de me pagar uma água. *[serra* *policorte, martelete, veículos, buzina]* A gente se falava todo dia, eu e Carlabê, *[inaudível]* mínimo, ela me mandava essas bobagens de internet, essas brincadeiras, figuras engraçadinhas. E eu mandava também. *[\*\*\*]* Para se divertir, desopilar. E também afastar o Abelardo, entende? Mas de vez em quando ela mandava áudio, aí eu sabia que era alguma coisa séria. Ela não falava diretamente, nesse sentido era mais mineira que eu *[risos]*. Começou elogiando muito a casa do entanguido, que lá tinha faxineira, isso e aquilo, e eu só percebendo a inquietação, a água começando a fazer bolha dentro dela, pronta para subir fervura. Carlabê querendo sentir que cabia, que se encaixava em algum lugar. O bigode não sabia nada dela. Jovem, você não está à paisana a serviço da polícia, está? Não é cupincha do entanguido, é? *[\*\*\*]* Não brinque comigo, não tenho mais idade. *[\*\*\*]* Sim, o entanguido. Ele a colocou *[buzinas, inaudível]*, ele acreditava que podia salvar a menina, quer dizer, salvar prendendo, entende, mas Carlabê não se deu com isso. *[carrinho de supermercado na calçada, inaudível]* ficava elogiando *[inaudível]* soltava uma afirmativa-negativa, sabe. Algo do tipo: Mais um pouquinho eu ficava perdida aqui, olhando para a parede, sem nada para fazer, ela dizia, mas estou tranquila, ela dizia. E eu só ouvindo, ou falava qualquer coisa, que bom, bebê, você merece todo esse conforto, esse luxo. Depois ela começou a querer me encontrar no apartamento todo dia, ou quase todo dia, até ficar estranha e parar com os áudios e voltar para as mensagens escritas com bobeirinhas. Eu sabia que estava acontecendo alguma coisa com ela, só não sabia ao certo o quê. *[tosse, tosse]* A gente tinha muita conexão. Tem. A gente tem. Acho que ela perdeu o celular. Por que não? Pode acontecer, comigo já aconteceu. Com você não? Ela quase nunca andava de carro e, quando foi olhar no bolso, percebeu que o celular tinha caído no banco.

Essa imagem de que te falei: o celular dela esquecido no banco de trás de um carro qualquer. Ou vai ver ela desacordou. [\*\*\*] É, desacordou, assim: se ela foi fazer um procedimento, por exemplo, entende, vai saber, e alguém desligou o aparelho para ela, e quando ela despertar vai fazer contato. Ou então acabou a bateria, ela não viu e não levou o carregador. [\*\*\*] É, um procedimento médico, jovem. Mas eu não sei de nada, veja, dona Ó foi infeliz no que disse a você, dona Ó, dona Ó *[risos]* Ainda me acerto com ela. Essa sou eu, imaginando, pensando, tudo pode acontecer. Tudo pode! Eu queria perguntar ao entanguido se o carregador está na casa dele; ela nunca se lembrava de levar. Por aqui, o lugar é logo depois de dobrar a esquina. *[buzina, latidos]* Mas você vai *[tosse]* ainda está gravando? [\*\*\*] O som? [\*\*\*] Ah, o som da rua. Certo. Esquisito, como isso entra no seu texto? Buzinas, conversas de gente, um cachorro que late. Ah, não me diga, eu sei, você curte jornalismo literário, matérias longas. Mas, jovem, quem vai ler isso? Sua mãe? *[risos]* Descanse, desligue! Barulho não entra no jornal, deveriam ter contado para você. Gosto do seu jeitinho. *[falas indistintas]* É aqui. Aqui está bom. Puxa a cadeira, essa, essa mesmo, não tem problema. De madeira, ao menos não é dessas frias que acabam com as minhas costas. Aqui na calçada é melhor, tem um solzinho. Lá dentro é sombra. Só cuidado com a corrente. [\*\*\*] Isso. Acho que colocam aí para evitar furtos. [\*\*\*] Uma água somente, jovem. E um copinho de gim para acompanhar, por favor. Sem gelo. E você? O que pedirá? Jovem? De novo no celular [\*\*\*] E já saiu? Deram a identidade? [\*\*\*] Imaginei. Jovem, um corpo caído no meio da maior cidade pode não ser notícia nenhuma. Se o corpo não conta uma história, jovem, ele não é ninguém. Me espere, vou ao toalete.

*[áudio 3]*

Pediu? *[\*\*\*]* Então daqui a pouco chega. Brindemos, jovem! Brindemos à vida, ao reencontro! *[\*\*\*]* Com Carlabê, oras, o reencontro com ela. Anime-se, *cariño*, um pouco de alegria, por que não? Eu costumava vir a este bar. Sabe do que eu gosto aqui? *[\*\*\*]* Além da cadeira de madeira? *[risos]* Gosto das frutas ali em cima, do colorido delas em contraste com os azulejos cinza. Por que cinza, nunca saberei, mas deve ter sido pelo preço. Um bar inteiro revestido do azulejo mais barato. Bêbado não se importa com nada, eles devem ter pensado. Mas eu gosto do contraste das frutas ali. Você pensa que é para vitamina, mas não; é para os coquetéis. Aqui ainda fazem, acredita? Já tomou? Experimente! É gostoso, com leite condensado... Docinho. Neste horário está vazio, mal montaram todas as mesas na calçada. Daqui a pouco está empapuçado *[motocicleta, inaudível]* gente comendo prato feito, especialidade da casa. *[\*\*\*]* Então, que bom, ganhamos mais alguns minutos, não ganhamos? Seu editor deve ter outras pautas, verifique aí, veja com ele. *[\*\*\*]* Rá, eu sabia. Jovem, tranquilo, escute, você não tem mais o que fazer ali, você já falou com todo mundo, ninguém vai dizer mais nada. Frustrante, eu entendo, mas fique aqui. Eu te conto uma boa história. Peça algo para você. E já pedi meu gim, e não é porque é você quem vai pagar, mas, veja, se eu beber sozinha a esta hora da manhã, o que isso fará de mim? O que este bairro pensará? *[\*\*\*]* Incomum, sem dúvida. Como ela. Mas, veja, ela não nasceu Carlabê. *[\*\*\*]* Pelo que sei, não houve um momento, houve dias. O dia em que na sala de aula, ao escrever seu nome para treinar caligrafia, Carlabê passou a achar Carla curto demais — ela terminou antes dos colegas. O dia em que bateu no Vinícius do 1º C e foi ter com a diretora; o dia em que pulou o muro que separava o pátio do fundamental do pátio do ginasial e foi ter com a diretora; o dia em que se recusou a voltar para a sala de aula depois do intervalo porque queria ficar lá fora comendo balas, e foi ter com a diretora; o dia em que não fez nada e foi ter com a diretora, e a diretora disse que chamaria sua mãe na escola, mas sua mãe era ocupada, mal encontrava a filha, trabalhava demais ou ficava demais na rua, Carlabê não queria lhe dar problemas, pediu que a diretora não chamasse sua mãe, que lhe desse mais uma chance, a diretora insistiu, chamaria a mulher, sim, Carlabê implorou *[tosse]* para ela não chamar, a diretora mandou que calasse a boca. Carlabê se levantou da cadeira em frente à mesa da diretora, olhando no olho dela, se aproximou do rosto da mulher, dobrando-se, o pé do Todi balançando em seu pescoço, e Carlabê cuspiu. A saliva não acertou o alvo, caiu em cima da mesa, branca, borbulhante. Carlabê começou a chorar, pediu desculpas em seguida, dizendo que tinha sido o Abelardo, que tinha sido o irmão dela. *[tosse]* A diretora ligou para a mãe de Carlabê naquele instante, o telefone não *[inaudível]*. Deu dois dias de suspensão à menina, durante os quais Carlabê foi para a escola mesmo assim e passou o horário inteiro dela sentada na calçada em frente. Não contou em casa, a diretora não insistiu mais. *[tosse, tosse]* Carlabê voltou às aulas na segunda-feira. A primeira aula do dia era matemática, e ela não anotou nada. No caderno, rabiscava seu nome, agora completo. Carlabelarda, a partir de então ela decidiu que passaria a se chamar assim. E começou a assinar desse jeito nas lições e nas provas. Não anunciou a ninguém, mas os colegas logo descobriram. Adotaram sem problema o novo nome e suas variações possíveis. Um ou outro pensou em zombar. Vinícius, por exemplo. Pobre Vinícius, não tinha aprendido a lição. Voltou a apanhar. Agora apanhava de

Carlabelarda. O ano seguiu bem, Carlabê deixou de ser
novidade. Era uma aluna razoável, ia bem em matemática,
tropeçava em português, não lia *[carro de som gritando ofertas,
inaudível]*. Não lia *[inaudível]*. Mas conseguia passar. Esforçava-se
para passar. Era seu jeito de ajudar a mãe. *[tosse]* A mãe de
Carlabê não voltava *[tosse]* A mãe dela não voltava para casa
todos os dias. Saía bem cedo, depois de deixar o café pronto
para a filha, e ia para a rua. A casa ficava aos cuidados da
menina. Assim como seu almoço. Havia bananas, laranjas, leite
e pão. Às vezes ovo ou alguma carne. A mãe de Carlabê muitas
vezes voltava da rua com alguma comida. Carlabê observava,
aceitava. Um dia, alguém da escola, Vinícius... Não, não foi
Vinícius, não. Vinícius já tinha ido para um colégio particular,
pago pela avó, e teve o pai atropelado. Vinícius eu conheci.
Músculos cheios e um bigode fino sob um nariz embatatado.
Ele encontrou Carlabê em uma dessas noites, por acaso; bebia
com outros rapazes na mesa ao nosso lado. Estávamos no bar,
jovem, a gente gostava, eu e ela. Ele veio cumprimentá-la,
dizendo o nome inteiro dela. Carlabelarda? Ela assentiu,
se levantou da cadeira e disse: Vinícius? Ele disse que a havia
reconhecido pelo colar. O colar no pescoço de Carlabê só
tinha feito encolher ao longo dos anos, mas ainda assim estava
lá, marcava presença à distância. Vinícius e Carlabê
começaram uma conversa que durou enquanto durou meu
gim. Fiquei ouvindo, ouvi tudo mesmo, já que Carlabê não me
contava quase nada. Mas praticamente só Vinícius falou.
Falou das tragédias de sua vida, sorrindo. Depois que eles se
abraçaram e se despediram, Carlabê se sentou de novo e disse,
esse aí... já dei umas boas coças nele. Então, jovem, voltando
àquele dia na escola, alguém na sala da Carlabê disse a ela que
a mãe dela mendiga. Sua mãe é mendiga! Carlabê respondeu
com porrada, derrubou o colega no chão, deu duas bicas no

estômago dele, um pisão na cabeça e uma mordida na orelha que chegou a fazer um corte. E de novo foi ter com a diretora, a mesma mulher. Dessa vez, foi expulsa da escola. *[tosse]* Dois dias depois, três pessoas, duas mulheres e um homem, tocaram a campainha de sua casa. Carlabê abriu a porta e a mulher mais nova perguntou pela mãe dela. Carlabê respondeu que a mãe estava no andar de cima. Era mentira. Ou verdade? Carlabê não sabia, não tinha como saber porque não via a mãe fazia dias. Ela poderia ter chegado no meio da noite e ainda estar dormindo. Os três entraram mesmo assim e a mulher mais velha fez cara de nojo. Será que ninguém limpa esta casa?, ela falou baixinho, mas nem tanto. O homem subiu os degraus de dois em dois, Carlabê ouviu os passos pesados dele na escada, depois no corredor, e teve medo de que ele quebrasse uma das tábuas. O homem voltou dizendo que não havia ninguém lá em cima e que Carlabê deveria ir com eles. Carlabê ainda tentou agarrar-se à escada com seus braços finos de doze anos, mas eles eram três e ela, apenas dois. Posso te dizer, jovem, que aquele corpo em frente ao prédio não é de Carlabê. Para ele, não há nome. E ainda assim você o persegue. Essas notas virtuais *[\*\*\*]* Pois exatamente: você mandou e-mail. *[\*\*\*]* E-mails! Para a Secretaria de Segurança Pública. A assessoria lá deve ter rido. Me sinto mal por você, me lembro de quando eu voltava para a redação sem ter o que contar. É como eu falei: Carlabê esteve no açougue hoje ou ontem, o mocinho de lá confirmou. *[\*\*\*]* Mas, jovem, aquele corpo. O que a polícia *[fala mais baixo]* A polícia disse alguma coisa? Você falou *[sussurros, inaudível]* *[\*\*\*]* Então enxergue comigo, veja. Carlabê passando por aquele cadáver, vagueando pelo bairro, faz o sinal da cruz. *[risos]* Não, não era dessas. Deve ter xingado o morto atrapalhando o caminho dela. Como eu te falei. Não é dela esse corpo, não é Carlabê ali, jovem.

O que disseram a você? Carlabê vive! Aliás, viva Carlabê, que nos uniu! *[tosse]* Obrigada, Pedro. Esse garçom é uma gracinha. Eu dizia *[\*\*\*]* Sim, voltemos a ela. *[tosse]* Não seria bom, jovem, se as pessoas fossem lugares? Voltar a ela! Poderíamos visitá-las, fazer mapas delas, eleger seus melhores pontos, os imperdíveis, descobrir seus cantos secretos.
E o melhor: elas seriam imóveis, localizáveis por GPS. *[\*\*\*]* Voltemos, voltemos a Carlabê. Quando você a vir, jovem *[veículos, buzina]* Sabe, há um período da vida dela em branco, um período sobre o qual não sei nada. Após ela ter sido levada de casa. Como Jesus Cristo, são anos e anos não documentados. Ela ressurge tempos depois na casa de uns velhos. Desconfio que fossem a família acolhedora de Carlabê. Essa família, não sei ao certo como era. Família não é necessariamente um pai, uma mãe e dois filhos felizes, espero que você saiba disso. E acolhedora, isso também varia. Teriam aberto as portas para ela? Reservaram-lhe um quarto e, no jantar, perguntavam como tinha sido o dia dela? Ou teria sido uma casa de silêncios e manias, onde a finalidade era apenas viver, sem ter que trabalhar, custasse o que custasse?
Bom, eram velhos, como já falei. Uma casa de três quartos, tarefas para Carlabê fazer, o velho com o controle remoto da TV sempre em cima do colo. Carlabê percebeu na primeira semana, era escaldada. *[tosse]* Esforçou-se para conseguir um trabalho o quanto antes, queria autonomia. Nisso, teve o apoio do velho. Primeiro, passou um tempo na padaria do bairro, da qual ele e a velha eram clientes havia anos. Saiu de lá para ir trabalhar em um pet shop perto dali, depois foi recepcionista de um salão de beleza. Mas como o dinheiro continuava curto e o velho tinha um amigo dono de um restaurante aqui perto, ela veio ocupar a vaga de garçonete. O velho disse a Carlabê que no centro ela ganharia mais. Ficou lá até o dia em que

meteu um garfo na mão gorda de um cliente, fazendo quatro furinhos. Ou melhor, ela não. Abelardo. Abelardo cravou o garfo na mão do homem que tinha apalpado sua bunda. O canalha se levantou na hora e gritou, chamando o gerente. Carlabê sentia o rosto queimar, o irmão aprontando outra das suas. O irmão, entende? [\*\*\*] Ela dizia isso. Chegou em casa chorando. [\*\*\*] Não, quando isso aconteceu já morava comigo. Foi a primeira vez que me falou de Abelardo. Eu ouvi como se nada fosse, mas ali já desconfiei. [\*\*\*] Intuição, jovem. E a maneira como ela falava. Dava para saber. De todo modo, eu não quis perguntar demais. Carlabê estava abalada, foi logo se justificando: mas não tem B.O, não, Sassá, que vou ligar para esse número aqui, aqui nesse número tem uma vaga para mim, o gerente me passou. Penalizado, o gerente do restaurante tinha dado o número do telefone do açougue para a Carlabê. Ele conhecia o bigode porque compravam carne com ele. Esse gerente... a perversidade, jovem. Falou para Carlabê que tinha dito ao dono do açougue que ela gostava de espetar uma carne. Disse isso e caiu na gargalhada, ela me contou.

*Carta*
*Você está bem abelardo   como você está    eu to ruim*
*O gonsalvez*
*As vendas baixas*
*Culpa da falação*
*O povo ouve acredita*
*A carne não tem doença ele falou*
*Também    eu falei    nesse preço*
*O zé morrido nessa hora riu     gonsalvez saiu lá de trás gritou*
*Cala essa boka*
*Sua loka*
*Se enfiou no escritorio de novo apertei o pé do todi no bolso*


*Estou doente abelardo frio&poeira saio de noite*
*o que você queria   o dia todo sentada*

*[áudio 3, cont.]*

Ela achava que estava doente. *[\*\*\*]* É o que eu ia dizer agora: talvez estivesse mesmo. De alguma forma, estava. *[\*\*\*]* Porque eu vivi essa dúvida com ela, jovem, eu sei. *[\*\*\*]* Você quer organizar? Então vamos organizar. Faço tudo por você, tim-tim. *[risos]* Já vejo a linha do tempo na página do seu jornal. Eu me mudei no dia… que dia foi terça-feira retrasada? *[\*\*\*]* A anterior. *[\*\*\*]* Dia 5, isso. Não, minto, no dia 5 eu já estava no hotel. Na terça antes ainda, olha aí. *[\*\*\*]* Dia 29, precisamente, agora me lembro. Dia 29 *[veículos, inaudível]*. Não vai querer nada mesmo? Pede, o jornal reembolsa depois, deve reembolsar. *[\*\*\*]* Bom, no dia 29, então, ainda estávamos conversando normalmente. Carlabê morando no apartamento, avisada de que precisava sair. Deixei algumas coisas que eu iria vender. *[\*\*\*]* Ficou praticamente tudo, porque o carreto até a minha cidadezica é caríssimo, não compensa. Sou uma mulher simples, jovem. E prometi que daria a Carlabê os eletrodomésticos grandes, sabe, fogão, geladeira e um micro-ondas velho, quando ela encontrasse uma casa nova. Um presente de open house, digamos assim. Mas ela acabou passando tudo para a frente. Para um conhecido do açougue, foi o que ela me disse. *[\*\*\*]* Cheguei a pensar, mas acabei não falando para ela vender. Ela precisava de dinheiro. *Pobrecita*, não tinha cabeça, não pensava assim. *[\*\*\*]* E ela entregou tudo a esse sujeito. Poucos dias depois, perdemos contato. Acho que ela não precisava mais de mim. *[\*\*\*]* Uma semana. Faz uma semana hoje, eu sei porque foi na sexta-feira passada. Eu tinha ido para o meu bar *[tosse, tosse]*. Consegui deixar o apartamento, mas, veja, deixar o meu bar vai ser mais complicado. *[risos]* *[\*\*\*]* Não, é o que fica quase em frente de casa. A esta hora não está aberto. *[\*\*\*]* Carlabê, certo.

A gente se falava *[tosse]* se falava bastante. E tinha o caderno. Eu encontrei no domingo, te contei. Encontrei e corrigi. Porque havia, entende, duas novas entradas, cartas, como ela chamava. *[\*\*\*]* Acho que sim, do mesmo dia. *[\*\*\*]* Nada. Digo, ela falava sobre um compromisso. *[\*\*\*]* Sim, cheguei. Deixei a minha versão, a versão com as correções dentro do caderno, mas depois joguei fora. *[\*\*\*]* Não, jamais escreveria por cima dos escritos dela, imagine. *[\*\*\*]* E ela não veio buscar o caderno, até hoje não veio. Então entendi que seria inútil corrigir. *[tosse]* *[\*\*\*]* Voltei hoje. *[\*\*\*]* Sim, ainda *[tosse]* estava no apartamento, ela não mexeu. Como você viu. No colchão, do mesmo jeito. Não há dúvida, não acha? *[\*\*\*]* Um presente para mim. *[\*\*\*]* Veja, não há uma única resposta. Os erros que ela deixou para mim, jovem, ela quis deixar. Se você olhar bem, ela nunca corrigia o escrito por inteiro, entende? Por fim, cansou-se dessas correções. Queria me dizer: esta sou eu, não venha querendo que eu escreva como você, que eu seja você. Que eu seja vocês! Era ela gritando, você não me pega, lá-lá-lá-lá-lá!

*Carta*
*Ontem encontrei outra vaga para moça   uma cama   a outra*
*Cama no mesmo quarto é*
*Da bruna*
*A bruna é de s.j. do rio preto não conheci a bruna quem*
*Me falou foi  o dono do apartamento  o bruno*
*Que loko falei vc bruno ela bruna*
*Quatro trancas na porta duas a chave duas só de empurrar*
*A porta da cozinha fica fechada a do corredor também*
*A bruna é enfermeira chega de noite   chega&sai*
*Sou enfermeiro que nem   estou estudando vou ser médico*
*De noite você não me vê*
*Só v a bruna*
*Não gosto de barulho se ficar com a cama não quero telefonema*
*Nem visita depois das vinte acordo cedo*
*Trabalho cedo no açougue   falei*
*Pode vir a bruna vai gostar de você*
*Fechou a porta do quarto fechou a porta do corredor*
*Na porta da sala*
*Demorou um tico em cada tranca  falando feitiço*
*A porta se abriu desci*
*Te esperamos   ele disse&trancou a porta lá em cima*
*Na rua percebi não sabia o preço da cama no bruno bruna*
*Não sabia que hora que dia   era para ir*
*Cheguei em casa&capotei*
*O corpo ruim todo ruim*

*[áudio 3, cont.]*

*[\*\*\*]* Eu já disse, convidei Carlabê porque *[tosse, tosse]* seria bom ter com quem conversar quando chegasse em casa. E também porque eu precisava de grana. Mas meu sentimento por ela... eu tinha sentimento por ela, desde o primeiro dia tive. Tenho. Era assim *[tosse]* um tipo de instinto materno. Tenho maternidade sobrando, não tive com quem gastar. Tenho esta vocação de pegar as pessoas e cuidar. Com você, por exemplo, não estou fazendo isso? Quando vejo, já peguei para criar. Gosto de gente *[motocicleta, inaudível]* da minha asa. Digo isso e penso em minha mãe, em como ela deve ter sofrido quando saí de casa. Demorei quatro anos para voltar, em um Natal. Nesse intervalo, eles vieram aqui, ela e papai. Uma vez só, queriam ver *[inaudível]* morando. Mas sofreram, não gostaram. Deu para perceber. Muito barulho. Muitas regras novas. Muita distância. Ainda não tinha esta poeira, mas o ar já não era bom. Eles também tossiam muito. Depois se conformaram com a filha longe, creio. Não imaginei que durariam tão pouco. Quando morreram eu estava no meu segundo emprego aqui, começando. Não consegui uma licença muito grande, mas conseguir viajar até lá, ir ao velório e ao enterro. Fechei a casa deles, que ficou com uma prima, e ela ajudou a alugar o flat que eu tinha na cidade. Então, foi assim, voltei para passar um Natal quatro anos após ter saído de lá e, três meses depois, em um março que não parava de chover nem aqui nem lá, voltei para enterrar os dois. Eles morreram em um assalto improvável numa cidade como aquela. Uma bobagem: invadiram a casa deles uma noite, um fim de tarde, não sei ao certo. Parece que papai reagiu. Depois pegaram o bandido. Deu na capa do jornal local, na página principal, uma violência rara na minha cidadezica. Aqui talvez virasse só uma notinha. *[\*\*\*]* Calma,

jovem, por que a pressa? Meu copo ainda está na metade. Pede alguma coisa para você. Ah, escute, é estratégico. Vamos ficar aqui e ouvir a voz do bairro, as pessoas. Vai te ajudar. Quem sabe a gente escuta alguém falar alguma coisa? Ou a gente vê alguém suspeito, pode ser o culpado. Tô gostando de brincar de detetive com você. *[risos]* Sério: um delegado uma vez me disse que o criminoso sempre volta ao local do crime, quer ver os efeitos de sua obra. Como se matar, aniquilar, viesse também de uma pulsão criadora. Talvez venha, não acha? Digo, em termos de linguagem. Porque a pessoa morre uma vez e depois morre de novo, quando você conta que ela morreu. Assim, ela segue morta. Tenho esta imagem: o morto debaixo da terra como alguém debaixo da água, tentando emergir. Mas a gente empurra a cabeça dele de novo, afunda com toda a força na água cada vez que se diz: está morto. Se foi. E quando se lê sobre a morte também. Você não acha? Se o leitor interrompe a leitura do obituário no meio, se ele não chega ao fim, fica com a pessoa viva. O desfecho é a sentença final, deixa esposa, filhos etc. Mas foram os olhos do leitor que concretizaram a morte, entende? *[motocicleta, inaudível]* sua matéria não. Na sua matéria a gente começa com o cadáver, a morte é garrafal, está no título, no início da notícia. Uma página de jornal é como a vitrine de um açougue, um monte de corpos, carne sem vida pendurada, escolha a sua. *[\*\*\*]* Muita filosofia? É o gim. Mas Carlabê... Olha ela aí voltando. Rá! Carlabê sempre volta. Não, não, não *[risos]* Que dó! Você olhou para trás! Achou que ela estivesse aqui? Dobrando a esquina? Foi modo de dizer. Ela está sempre voltando na nossa conversa. Jovem, sua pergunta baila em minha mente, posso até ver. Carlabê subindo a avenida debaixo do sol, entra em um carro escuro, novo, sente o cheiro do couro dos bancos, sente uma pontada de otimismo, vai dar tudo certo! E um pouco mais à frente se encolhe, como se cruzasse alguma fronteira, escapasse de um país em guerra. Olha pelo retrovisor e vê a nuvem de pó vermelho ficando para trás. Começaria uma nova vida.

*Carta*
Saramara veio falar de uma mulher com uma vaga consigo
Pagar se fizer o serviço de casa de noite cozinhar
Pouca coisa   ela tem faxineira
Lá é quarto um quarto inteiro você não precisa ir embora
A gente não precisa ir embora fica lá até juntar uma grana
Para ter nosso lugar
Eu&você abe

[áudio 3, cont.]

Uma conhecida minha da rádio, acho que posso chamar de amiga *[ininteligível]* até bastante tempo que a gente não se falava *[tosse, tosse]*. Essa mulher deve ter perto da minha idade, não sei quem é mais velha, não importa, ela *[buzinas, inaudível]* um canto em casa para Carlabê. Eu tinha perguntado no nosso grupo se alguém sabia de algum lugar por aqui, e ela respondeu. A situação dela é similar à minha. Uma velhota solteira, com espaço disponível no apartamento e na vida. Ela mora aqui em cima na rua, a umas três quadras. Mais perto da praça. Comecei a tratar com ela, disse que Carlabê estava *[inaudível]* e que poderia se mudar instantaneamente *[risos]*. Era estalar os dedos e ela apareceria lá, tof, como mágica. Falei também com Carlabê, óbvio. Eu disse bebê, acho, e frisei esse acho, que encontrei seu novo lar. Ela estava sentada na sala e se empolgou. Me agradeceu mil vezes e disse que me amava. Lembro bem. Pois depois ela não furou com a mulher quando marcaram? [\*\*\*] Não vou negar, jovem, isso me feriu. O descuido, a mancada. Não comigo *[tosse, tosse]*. Consigo, com ela mesma! Ela marcou e não foi, a mulher me mandou um áudio um tanto áspero. Mas depois Carlabê acabou indo lá e amou o lugar, adorou. [\*\*\*] Não, não por mim. Olha, eu fiquei chateada por ela não ter ido quando marcou. Não fiquei nervosa, entende, ou macha como ela costumava dizer *[risos]* Macha! Eu não gostava de brigar com meu bebê, não sou disso, você pode dizer, não pode, jovem? Desacordos mais frontais foram raros. Talvez só um, se tanto, entende? A gente se acertava logo. Mas, olha, não ponha tento nisso. Foi um entrevero, coisa pequena. Que não durou, para mim não durou. [\*\*\*] Não, ela não sumiu logo depois. Jovem, o que você está tentando fazer? Qual é a sua ideia, hein? Faça logo a pergunta, não faça jogos.

*Carta*
*Falei com a mulher do apartamento   marquei o dia  hoje*
*Esqueci*
*Só vi depois ela mandou mensagem*
*Sassá vai ficar macha*
*Só isso sono vagabundo*
*Sou vagabunda  abe irmão  pergunta sincera*

*[áudio 3, cont.]*

Eu fiz de tudo por ela, jovem. Encontrei uma casa em um prédio bom. Um prédio ótimo. *[\*\*\*]* Podemos, por que não? Vamos, claro. *[bate-estacas, veículos]* Essa cara... *[risos]* Jovem, *cariño*, você achou que eu diria não? *[\*\*\*]* Pois vamos! Vamos e você verá o nível do edifício. Eu consegui para ela o que nunca consegui para mim. Faço *[tosse]* questão. Talvez ela esteja lá perdida em faxinas, escondida em um quarto com janela, um canto para usar como bem quiser. É difícil sair de um lugar assim. Ela pode ter arranjado outro emprego com essa minha amiga. Não duvido. Pode ter recomeçado. *[\*\*\*]* É mais perto do que você imagina. Vamos, enquanto você paga *[\*\*\*]* Sim, pode ser direto no balcão. Enquanto você paga eu tomo este último gole. A água levo para viagem. Vá *[tosse, tosse]* Vamos!

*Carta*
*Hoje no açougue o ze murrinha falou está sentindo um*
*Cheirinho*
*Eu estava sentindo um cheirão*
*A camara estragou gonsa fora o dia todo*
*Uma paradesa o ze morrido falava*
*Só as moscas*
*Gordura não faz mal é mentira*
*Mentira ele falava como os antigos faziam*
*Açougue só movimenta começo de mês*
*Falei vou ao banco fui*
*Ver o lugar da mulher lá a amiga da saramara*
*Um prédio bom uma dor abe*
*Nas minhas mamas*
*Vou marcar no posto*

[*áudio 4*]

[*bate-estacas, serra policorte, tráfego*] Alguns chamam de avenida [*inaudível*]. Cuidado, cuidado com o ônibus [*inaudível*] chamo de portal. Você atravessa e chega em outro mundo, em outra realidade. [\*\*\*] Posso revelar, é o que venho fazendo, não? O que calei, jovem? Já você, com esses olhos tão grandes...[\*\*\*] Falo, mas não autorizo publicar essa parte, tudo bem? Porque não é nada de mais, não influencia na história. E só por isso vou te contar. Carlabê, se sumiu, não teve relação com isso. Nosso desacordo começou com uma bobagem, foi a visita e não foi. Foi o desprezo, entende? Ela [*motocicleta, inaudível*] fechada em copas, sorumbática. Um mistério [*tosse, tosse*] do tipo que desagrada. Me contar de si era o mínimo, eu penso assim [*tosse*]. Mas ela não estava em seu melhor, jovem, você pode ver. Pode ler. Carlabê contemplava a ideia de morar de novo em qualquer lugar e não onde pudesse escolher. Desde que morava comigo, ela podia escolher. Morar comigo, morar com o Gonçalves, morar com os dois. Venha, atravessamos aqui. Querer voltar para [*caminhão, buzina, inaudível*] no fim do dia. [*inaudível*] se calou e aquilo estava me deixando muito preocupada, entende? Você não tem filho, né? Essa cara de bebê... [\*\*\*] Pois bem. Tentei me aproximar, mas ela rechaçava. Cheguei uma noite da rua, eu tinha ido andar na praça, dar umas voltas para arejar. Queria me despedir do bairro, da maior cidade. [\*\*\*] É logo ali, no fim da quadra. Essas voltas que eu dava eram as próprias voltas da minha jornada aqui. Revivi cada [*motocicleta, buzina, inaudível*] os momentos importantes, era ouvir uma buzina, uma buzina como essa, jovem, e sentir o chão da calçada voltando, sem parar, uma esteira correndo sob os meus pés, me devolvendo ao passado. Do outro lado naquela mesma rua, eu. Segurando a bolsa nova que minha mãe tinha me dado, seu presente de boa-sorte, um incentivo de couro falso, bege, desestruturado. Meu salto seminovo, a calça de pregas engolindo a blusa rosa e justa. Pensando agora, com certeza era transparente, com certeza deixava ver o sutiã. O sol rachando na pele... cuidado, jovem, o degrau, vem por aqui. O sol, eu tive saudade da varanda de casa, do piso frio vermelho, da brisa, da passarinha cantando na gaiola, a passarinha que morreu logo depois que eu vim, mas eu ainda não sabia. Morreu de saudade, mamãe disse ao telefone, longe, baixo. Como ela cantava! A minha passarinha. *[bate-estacas, veículos, buzina]* E uma moto buzinou. Eu estava na metrópole. Metrópole não, megalópole. Aqui. Sabe, eu não tenho uma mísera memória de buzina na minha cidade. Claro, carros buzinam por lá. Mas não a ponto de entrar na cabeça da gente, virar lembrança. Aqui, na maior cidade, as buzinas se repetem. São uma conversa única, particular, o idioma do monstro. Naquele dia meu maior medo era não conseguir chegar à rádio. O barulho dos carros doendo *[tosse, tosse]* em meus ouvidos enquanto eu caminhava. Nos meus sonhos nunca fazia calor na maior cidade, não combina o calor com o concreto. Fiquei no Jabaquara, um hotelzinho modesto, toda noite a mulher passava cobrando a diária. Tinha medo do hóspede sair fugido pela manhã. *[risos]* Pelo menos ficava perto do metrô. Entrei na estação, eu tinha decorado o trajeto até a rádio, tinha repetido até cansar, até babar de cansaço e cair na cama do hotel, exaurida. O empurra-empurra, os barulhos, as placas, tantas direções diferentes, tão certas para todos. Me distraí, confundi os trens. Fui parar no fim da linha no outro lado, consegui retornar duas estações e não aguentei voltar o caminho todo. Eu não sabia mais onde estava, só que estava debaixo da terra, espremida por estranhos, meu salto fazendo doer a planta do pé, gente, muita gente que entrava e saía, a maioria calada, olhando para o nada. Desci na primeira estação, me dei conta do erro, quis voltar, o metrô foi embora, e o tempo *[tosse, tosse]* estava indo também. Busquei a saída, demorei uns quinze minutos e, no fim, eu quase já não andava. Fui em direção às roletas o mais rápido que pude, saí, fiz sinal para um táxi, ele não parou, fiz sinal para outro, e este eu consegui. Entrei. Foi bom sentir o ar-condicionado, não era tão comum ter ar nos carros naquela época. Mas o trânsito travou. Eu comecei a chorar, o motorista teve dó e virou bicho no volante, só um monstro para combater outro monstro. Não é incrível? A maior cidade corre, mas aos solavancos. Eu só fazia chorar. Cheguei à rádio meia hora depois do horário, achei o prédio menor do que eu imaginava. Meu futuro chefe nem notou. Ainda me fez esperar outra boa meia hora para vir falar comigo. *[veículos, falas indistintas]* Venha, jovem, deste lado. E era apenas meu segundo dia aqui. Eu me lembrava o tempo todo da minha cidadezica, pensando no passado, não conseguia me segurar, chorava a toda hora. *[\*\*\*]* Sim, foi difícil. Mas eu repetia, e ainda repito a mim mesma, como sou grata por ter vindo. Por ter feito algum caminho, alguma coisa por mim, um movimento. Eu deixei minha família toda, minha passarinha, a cama feita, a mãe varrendo a sala. Tudo. Deixei tudo e construí aqui. *[carros, pássaros]* Mais uma quadra, vamos. Você deixa isso aí ligado o tempo todo? *[\*\*\*]* Quanta meticulosidade... *[buzina, pássaros]* Venha, *cariño*, não tenha medo. Daqui se vê: é aquele. Aquele lá, o terceiro, o branco. A fachada inteirinha de mármore. *[tosse, tosse]* Cuidado para não tropeçar aí. *[\*\*\*]* Não precisa. Pode desligar. *[interfone chamando]* Bom dia... ainda é bom dia? *[risos]* *[\*\*\*]* Vim falar com a Rita, do meia dois. *[\*\*\*]* Rita! Meia dois! *[\*\*\*]* E quando ela volta? *[\*\*\*]* Amiga dela. *[\*\*\*]* Ela saiu sozinha? O senhor sabe dizer se ela mora sozinha? Se há uma moça *[\*\*\*]*

Entendo, senhor. *[\*\*\*]* Entendo, claro. Mas não tenho conseguido falar com ela pelo telefone. *[\*\*\*]* Sim, certo. Agradeço. *[\*\*\*]* Entendi. Agradeço, de qualquer forma. Passar bem. Venha, jovem, vamos. É assim, você viu? É desse jeito que eles reagem às minhas perguntas. E você viu como eu insisti. *[\*\*\*]* É verdade, sim. Venho ligando. Liguei algumas vezes. O que você acha? Mandei mensagem, a mulher demorou a responder, liguei. Ela atendeu as duas primeiras vezes e garantiu que Carlabê nem tinha chegado a morar lá. Estava nervosa porque, e não podemos tirar a razão dela, a bichinha nem avisou que não iria. Agora ela perdeu a vaga por W.O. Bom, mas serviu para você ver por dentro um prédio desses, não foi? Deu para ver pelo portão? Imaginava que era assim? E o uniforme do porteiro? Por favor. É ridículo. Gosto de dar a eles, a todos eles, algum trabalho. *[tosse, tosse]* *[\*\*\*]* Que rispidez é essa, jovem? Foi você quem quis saber. Entenda, estou tentando voltar a ela. Mas Carlabê segue escapando. *[\*\*\*]* Sim, vou falar do entrevero. Eu falava do meu ritual, você foge desse tema, jovem, já reparei, mas meu ritual é parte disso. Eu dizia: abandonei e construí, abandonei e construí *[tosse]*. E agora farei a mesma coisa, de novo, na minha cidade. A mesma coisa de novo, de novo, de novo, de novo... Eu dei sete voltas na praça. Sete, depois busquei a maior árvore, um carvalho bonito, perto da entrada lateral. Abracei a árvore, agradeci, deixei caírem as lágrimas. *[ônibus, inaudível]* exausta, dolorida. De maneira que, ao fim da caminhada, eu quis comprar um bolo, um bom, com cobertura. Para celebrar com Carlabê todos esses anos de envelhecimento presenteados a mim pela maior cidade. Meus fracassos aqui e o maior de todos: ter que voltar à minha cidadezica. *[tosse]* Carlabê ainda estava em casa quando cheguei, ouvi um barulho na cozinha... Jovem, podemos parar um instante? *[\*\*\*]* Obrigada *[inspiração, expiração]* Onde eu estava? *[\*\*\*]* Sim, certo. Abri a porta precisando de um, sei lá, de um olhar, de um carinho de longe. Era a nossa última semana juntas. Ouvi Carlabê na cozinha. Eu ainda não sabia, não tinha decidido se iria para um hotel. E o fato é que Carlabê nem acusou minha presença. Na verdade, tive a impressão de que, ao ouvir o barulho da minha chave na porta, Carlabê se meteu no banheiro. No meu banheiro do meu apartamento, da minha casa! Não nego que me enfureci. Bati na porta e disse: Cheguei! Ouvi um barulho, a tampa da privada batendo, pareceu. Trouxe um bolinho, eu disse depois. Eu insisti, porque ainda não tinha entendido direito o que estava acontecendo. Com recheio e cobertura, falei. Eu estava tentando manter o tom para cima. Carlabê respondeu, gritou que já estava saindo e, em seguida, sussurrou alguma coisa que eu não entendi por trás da porta. Eu pedi para ela repetir, eu estava achando estranho. Que foi isso, jovem? *[\*\*\*]* Esse barulho. Acho que foi você, o seu celular dois. Não quer ver aí? *[\*\*\*]* Então, sigamos. Ela saiu vestida com uma calça azul-clara que ela nunca usava, a blusa abotoada. Estava pálida. Coloca um batom, bebê, falei. Ela não disse nada nem foi passar o batom. Olhou para o bolo, olhou para mim, torceu de leve o corpo para passar por mim sem encostar. Pegou a bolsa no sofá e foi direto para a porta. Deixei o bolo em cima da mesa, fui atrás, ela apertou várias vezes o botão do elevador, segurei a mão dela, ela tirou. Com pressa, Sassá. Não vou poder comer o bolo, disse. *[tosse]*. Ah, mas vai ter que falar comigo. Vai ter. Isso eu não falei, só pensei. Minha conversa com ela não era nesses termos. Normalmente eu a teria deixado ir: Vá, bebê, deixa o mundo te comer. Mas *[inspiração, expiração]* me surpreendi, jovem, quando me vi bloqueando a passagem dela assim que o elevador chegou. Depois de um dá-licença-não-dou, uma ali em frente da outra, eu impedindo a entrada dela no elevador, um pouco depois dessa dança desencontrada, Carlabê se virou e foi em direção à escada *[inaudível]* segurei o braço dela. Me subiu o Abelardo. Se ela podia recebê-lo, por que eu não? Veja, jovem, foi ele, o grande Abelardo, que deu um safanão na Carlabê. Como ele podia ser violento! Não tentei contê-lo. Naquele momento, eu só queria que ela entrasse em casa e me ouvisse. Cinco minutinhos. Com o meu tapa, Carlabê tropeçou na própria perna e caiu dentro de casa. Foi estranho, ela estava fraca. Mas Abelardo não teve dó. Segurou a irmã pelo cabelo e a colocou de pé. Depois trancou a porta atrás da gente. Então, nós duas conversamos. Carlabê murmurou que estava indo ao posto, eu não entendi, ela estava de cabeça baixa, eu não escutei direito, pedi que ela repetisse e ela respondeu que estava indo ao posto marcar uma consulta. Mas, jovem, aquela mulher *[tosse]* tinha a saúde de um touro *[tosse, tosse]*, de uma vaca, devo dizer. Por isso não me culpe por não ter acreditado. Ela disse que era uma consulta de rotina, que tinha ainda de marcar e pediu para eu deixá-la ir, senão o posto fechava. Disse isso já se dirigindo à porta. Acreditei, compreendi. Perdoei! Abri a porta. Carlabê saiu. *[inspiração, expiração]* [\*\*\*] Não, veja, ela mentiu *[buzina, inaudível]*, achava que estava com alguma doença, tinha perdido todas as casas e achava que perderia sua casa definitiva, o próprio corpo. Não é isso a morte? Um contrato de aluguel expirado, uma ordem de despejo, a expulsão do inquilino que é você, a sua alma! Mas Carlabê não me contou. Mentiu porque não queria me assustar. Mas ali me surgiu uma dúvida. Será quê? Talvez não fosse morte, mas o oposto! E por mais improvável que fosse a minha suposição, jovem, eu não poderia estar mais certa. [\*\*\*] Não é para você entender, *cariño*. Apenas pensei alto. Quer respostas? Eu também. Elas não estão onde você acha que estão. Não todas elas.

*Carta*
*Fui no posto ontem   não atende emergência   para consulta*
*A senha só*
*No dia 1*
*Mês que vem  abe*
*Saramara antes*
*Saramara não é da conta dela*
*Ela não aceita*
*Não falei nada nem dei o caderno*

*Carta*
*Sassá mandou áudio quer conversar*
*Hoje   aqui em casa*
*Pra que*
*A voz dela*
*Não quero desculpas*
*Eu pensei em sair   na poeira*
*Moleza   corpo ruim   abe*
*Fiquei*

*Carta*
*Saramara me achou encolhida no sofá*
*Você está bem  bebê  ela falou você está branca*
*Falei tudo bem nada demais*

*Carta*
*Saramara na conversa explicou vai sair do apartamento*
*Morar em um hotel não sei onde*
*Fodace*
*Vai voltar de vez em quando até tirar tudo todos os*
*Móveis&pintar&consertar*
*Os estragos*
*Pode deixar o caderno para mim ela falou vamos ver*
*Também precisamos sair abe pra onde*
*Achei melhor assim bebê saramara falou&você trata de ser feliz*
*Na casa nova marquei de novo com a mulher amanhã*
*Você vai lá agradece a deus bebê sassá falou agradece a deus*
*Talvez a gente vá agradecer na cara dele*
*Esse troço não passa não melhorei abe*
*Chegar lá pede muita*
*Desculpa sassá falou desculpa para a mulher*
*Valoriza bebê um quarto para você*
*Pelo mesmo valor*
*Daqui*
*Desta vez você vai e fica*
*Fica longe do bigode carniceiro do gonsalvez*
*Saramara não curte ele você sabe*

*Carta*
*Limpo as vitrines limpo o chão o pano é o mesmo verde*
*O limpador é de limão para que*
*Um cheiro*


*Hoje vou lá conhecer a mulher    vou*

*[áudio 4, cont.]*

*[\*\*\*]* Você mudou de tom, me assu *[\*\*\*]* Compreenda. *[\*\*\*]* Entenda, jovem, eu também me sinto assim! A quem estamos enganando? É o momento de admitir, nosso otimismo é ridículo! Tão ridículo quanto o dela. Olhe para mim, jovem. Olhe para mim! Sabemos, eu e você, sabemos onde está Carlabê *[tosse, tosse]*. Está indicado aí no caderno, você não vê? *[bate-estacas, sirene]*. Venha, vamos, não quero gritar. Não podemos gritar ainda, em breve poderemos. *[\*\*\*]* Acelere você também, vamos. Acelere. Por que essa nossa demora em admitir? Carlabê está na casa do entanguido, obviamente. Eu vou até lá. Ela estará lá e você irá comprovar que eu não tive relação com essa falta de notícias de Carlabê. *[\*\*\*]* Se você ler o caderno, se ler bem o caderno, compreenderá: ela já era refém. *[\*\*\*]* Não contou, eu fiquei sabendo pelos escritos. Mas a monotonia, o tédio *[ininteligível]* não estava suportando. *[tosse, tosse]* Ela ainda está lá, não é óbvio? Está lá e mais presa ainda. *[\*\*\*]* Sim, mas, entenda, ele deu queixa porque *[tosse]* cortina de fumaça, jovem. Cortina de fumaça, já ouviu essa expressão? *[\*\*\*]* Ciúme você conhece? Aquele entanguido deu queixa para me colocar na mira dos meganhas, ele quer acabar comigo. *[tosse, tosse]* O que está achando desta poeira no ar? Para mim está pior hoje. Reparou como estou tossindo? *[tosse]* Escute, eu vou lá. *[\*\*\*]* Não me surpreendo, jovem. Com nada! *[\*\*\*]* Ah, mas você não esquece aquele corpo. Quer que eu converse com seu editor? Ligue para ele e eu falo. Você vai deixar passar a notícia principal: Açougueiro mantinha mulher refém em casa; Açougueiro dá queixa de sumiço de mulher presa e amordaçada em sua casa; Açougueiro coloca mulher em cárcere privado... O furo pode ser seu! Esqueça, vá atrás do corpo e pergunte a ele: quem, como, quando, onde

e por quê. Pergunte, jovem, e veja se ele vai responder. Ou se sente ao lado dele e esperem juntos a resposta da Secretaria de Segurança Pública. *[\*\*\*]* Por que ouço impaciência em sua voz? De que você é feito, jovem? Te dei água, te dei informações, te dei páginas e páginas de um caderno íntimo. Por que te parece pouco? *[\*\*\*]* Então venha. Venha porque quer vir. Esqueça o corpo, o corpo não está nem aí para você. Nem para mim. Nem para o seu editor! *[\*\*\*]* Ela sim! Ela espera por nós, anseia por nós. Carlabê precisa de nós. E eu ainda não te contei tudo, jovem. Muito menos Carlabê.

*Carta*
*Fui desgostosa umas 11h uma fome   cheguei*
*O prédio todo branco*
*Limpo*
*O porteiro o elevador novo a porta se abriu a mulher gostei dela*
*Gostei da mulher gostei do apartamento&você   abelardo*
*No sábado a gente muda*
*Kd a força para fazer mala*
*Mandei msg para sassa para contar&pedir a receita*
*Ela tem uma mistura para    doença&corporuim&enjoo*
*Pra que ela me ligou saí do balcão para atender  fui andar*
*Gonçalvess de botuca   fodace*
*Uma moto tirou lasca das minhas costas maloqueiro de merda*
*Era você   abelardo    era*
*Responde*
*E essa voz saramara falou essa vozinha*
*Saramara falou você está bem*
*Chorei não segurei  saramara ficou*
*Muda&soltou um ar  peidou pelo nariz   calada*
*Depois falou para esperar ela acordada*
*KD ela agora*

[áudio 5]

Ligou de novo? Ah, você, eu já te disse, quem vai ler tantos detalhes? Então vamos brincar. Se ficarmos sem falar nada. Escute. *[bate-estacas, serra policorte]* Deixe. Deixe gravar. *[serra policorte, helicóptero, falas indistintas]* Está ouvindo? É gente, barulho de gente. Você vai andando e aqui e ali salta uma palavra, uma frase, alguém tosse, dá uma risada. Como você vai colocar isso na matéria? Jovem, fico pensando se você espera alguma manifestação mediúnica nesses áudios. É isso? Espera ouvir a voz de um fantasma falando baixinho, sussurrando enquanto conversamos? Dos seus fantasmas? *[risos]* E ainda esse solzinho, esse solzinho de inverno. Fui feliz aqui. Se me sentia sozinha, vinha para a rua. Aqui não é qualquer lugar. Aqui tem gente que mora, gente que trabalha, gente que está passando. Tem gente que fica, sim, embora a sensação seja de que todos estão nessas ruas de um lugar para o outro. Eu gosto disso, *cariño*. A vida. O movimento. Por isso tenho um pouco de medo dessas construções mudas. *[tosse, tosse]* Atravesse. Atravesse aqui. Venha *[motocicleta, inaudível]*. Veja, eu não gosto dessa casa, desse portão... não sei. Tenho lembranças. [***] Não *[buzina, inaudível]*, trazidas de outro lugar. Como se essa casa tivesse sido colocada aqui, num cenário, para me atormentar. Você não sente? A energia pesada. Eu já fiz de tudo nesta cidade. Inclusive o que nunca tinha imaginado. Inclusive o inevitável. Entrar em uma casa assim, uma similar. Não tenho a mínima ideia do que acontece por trás desse portão, pode ser que uma família more aí ou que haja corpos putrefatos. A casa a que fui não era aqui, era longe. E agora não é mais, não deve ser, pois elas mudam de endereço. Elas se movem pelo ar, compreende? Assim que algo dá errado. São casas de areia, levadas pelo vento. Precisam ser, pois não podem ser descobertas; se são, se desfazem, gente vai presa, a sujeira se espalha. Então, quando dá merda, jovem, quando acontece o pior, um sopro imediato as leva cidade afora, entende? Espalha seus grãos sobre tudo, sobre nós, certamente, eles vêm bater na nossa cara. Mas principalmente, especialmente, sobre as mulheres que entraram nessas casas e nunca saíram. Entende o que estou dizendo, *cariño*? *[tosse, tosse]* Como você consegue não tossir? Pois a essa casa eu fui me borrando, mas fui, tive que ir. Fui sozinha, descobri o lugar por indicação de uma colega. Vieram me buscar em um táxi, uma mulher com umas unhas compridas. Eu só conseguia olhar aquelas unhas pintadas, enormes. Eu fiquei *[risos]* tentando adivinhar, acredite, fiquei fixada naquele esmalte cor de carne, no caminho fiquei pensando em qual seria o nome do esmalte, olhando para as garras da mulher. Ela só falou para dar o direcionamento ao motorista. Quando chegamos ao local, ela desembarcou e eu fui atrás. Aquela casa tinha um portão como esse aqui, maciço, escuro, alto. E lento. Mas ele se abriu e entramos numa garagem e depois em uma sala com aquelas cadeiras de repartição. Mas não publique esta história que vou te contar agora, hein? *[tosse]* Já te pedi. *[tosse, tosse]* A mulher do táxi sumiu e me deixou com outra, a da dece *[risos]*, digo, a da recepção. Ela me deu um comprimido para tomar ali mesmo. O lugar era todo fechado, a janela com uma cortina azul-escura por cima. Um tecido puído, e eu comecei a espirrar. A mulher perguntou se eu estava acompanhada. Respondi que não. Aguardei uns quinze minutos, durante os quais eu só rezei, *cariño*. Rezei porque não acredito em Deus, mas é aquela história, que *lo hay, lo hay*, você ainda vai descobrir. Pai nosso que estais, ave maria cheia de graça, um colado no outro, pedindo perdão, perdão, perdão. Veio outra mulher, uma enfermeira, acho, mas ela não usava branco.

Fomos para uma sala, a mulher me deu um avental, disse para eu me trocar e relaxar. Se o médico te vir nervosa ele não faz, ela falou. Depois me aplicou algo na veia e, quando acordei, tof. Tudo acabado, *c'est fini [buzina, inaudível]* me deu uma bala para eu ir voltando a mim e me disse que, quando eu saísse, fosse andando firme, porque no fim da rua havia uma delegacia, e eles não podiam desconfiar. Um calor, jovem, um calor! Não me lembro que dia era, mas me lembro do calor na chegada e na espera. E o frio quando eu saí de lá e peguei um táxi para casa. *[\*\*\*]* Foi uma fortuna, me custou tudo, para mim era caro demais. Por que te conto eventos tão pessoais, jovem? São esses seus olhos, esse seu silêncio. Você vai longe nessa nossa profissão. Se fizer tudo certo, vai. *[tosse, tosse]* O que são essas pessoas *[tosse]*, por que estão entrando? *[tosse, tosse, tosse]* Nossa. Venha, jovem, venha, entre na loja. Venha. Essas lufadas de vento viraram verdadeiras bombas, dá para sentir as partículas batendo no rosto. Proteja os olhos, prenda o ar! Venha, jovem, venha. Entre, entremos aqui. Vocês ainda não conseguiram descobrir de onde vem essa sujeirada toda? *[tosse]* Se eu estivesse na ativa não descansaria até saber. Você me pergunta, jovem, onde está Carlabê, e eu te pergunto: será que aquele corpo na rua ainda está lá? Não quer ver aí no seu aparelho? Precisamos nos livrar dele. Mas *[tosse]* você é capaz, *cariño*? Como eu disse antes, de não levantar a lona, de seguir em frente? Escolher os vivos? Como ficamos *[latidos, inaudível]* aquele corpo não é Carlabê? *[tosse]* Por que ela se retiraria toda do meu apartamento para voltar e morrer debaixo dele? Ainda que tenha me visitado, voltado a mim, a nós, ela estava vivendo com o bigode, você verá. É em outra parte do bairro. *[\*\*\*]* Não, ela nunca *[tosse]*, eu nunca fui lá *[risos]*, nunca fui ver o lar de Carlabê e do entanguido *[tosse, tosse]*, nunca fui, jovem. Venha, já podemos sair, não venta mais. Mas

eu sei onde é, digo, eu tenho uma noção de onde fica a casa.
[\*\*\*] Sim, uma casinha. Venha, dobramos na próxima, é perto.
Jovem? [\*\*\*] Três, quatro quadras no máximo. [\*\*\*] Vamos,
vamos [\*\*\*] Hein? [\*\*\*].

*Carta*
*Saramara me abraçou forte&me deu um teste para fazer*
*Com mijo*

*Carta*
*O gonsalves tem o dinheiro o direito de saber a saramara falou*
*Cala aboca abelardo*
*Amanhã ela sai daqui a saramara*

*Carta*
*Minha certeza é ele não vai querer    fodace*
*O que a gente vai fazer irmão*
*Vamos perder a vaga no prédio chic*
*Só temos mais 19 dias*
*Aqui*
*Saramara tá macha*

*Carta*
*Saramara ajudou comprei*
*Um remédio na interneti uns comprimidos*
*Gastei tudo   chega depois de*
*Amanhã*


*Só penso nas vacas*
*No bucho  delas  inchado*

*[áudio 5, cont.]*

Não, olha, eu não *[homem grita ofertas, inaudível]* agora esqueça o caderno. Esqueça. Na casa do bigode veremos Carlabê. Ela inteira, em três dimensões. Temo por ela, jovem. Como estará. *[\*\*\*]* Mas você já leu as cartas mais importantes. Agora olhe ao redor, aproveite a viagem. Não é o que dizem? Uma pessoa dessa na rua, aquela moça ali, não sei se está no presente ou no futuro. Ou se é uma versão mais nova, uma versão dois ponto zero, das senhoras que eu via lá na minha cidade, velhinhas beatas, carolíssimas, fofoqueiras. Na minha ex-futura-cidade. Aqueles óculos... me diz, você conhece alguém que use assim? *[veículos, bate-estacas]* Bem, é aqui. *[buzina]* Pare, opa, olha o carro de novo. Te salvei a vida, hein, jovem. Mais uma vez! Você me deve! *[risos]* É que essa esquina é complicada. Veja se consegue achar o sinal de pedestre. Procure, vamos! *[\*\*\*]* Ahá! Demorou, mas achou. Viu? Me explique isto, você que tudo sabe, de quem foi a ideia de colocar esse sinal lá em cima, coladinho no semáforo? No farol, como vocês gostam de dizer. Você é daqui, né? Já te perguntei. *[\*\*\*]* Desculpe, muita coisa na cabeça. Pronto, fechou para eles, abriu para nós. Por que você não diz nada? Escute, jovem. Não me passa despercebido que você não responde às minhas perguntas. Tem noção de que quando chegar em casa, no meu último dia de apartamento, terei que fazer uma visitinha à dona Ó? *[\*\*\*]* Ela não pode sair falando dos outros como fez. O que ela disse a você? *[\*\*\*]* *Cariño*, não seja ingênuo, se você não diz, ela me contará tudo, tudinho. Espere, um segundo *[tosse, tosse]* meus batimentos estão *[buzina, inaudível]* Será uma emoção enorme revê-la. *[\*\*\*]* Não, dona Ó, não, claro. *[risos]* Carlabê. Ora, você sabe, meu bebê. Um último abraço e sigo, *cariño*. Levo o dela e deixo o meu com ela, o meu abraço. Um segundo, porque, veja, há saudade. Há saudade. E fico pensando em como ela está, no que precisaremos fazer. Você tem o contato de algum delegado? [\*\*\*] Talvez a gente precise. [bate-estacas] Vamos, é logo ali, já dá para [bate-estacas, serra policorte, inaudível] Barulho infernal, quem suporta? [\*\*\*] Eu confesso, jovem, está bem? Eu confesso. Não é a minha primeira vez aqui. Eu sei onde fica não porque Carlabê me levou. Sei porque o segui. Está bom para você, jovem? Eu o segui. Ele teve a pachorra de dar queixa do sumiço de Carlabê, não teve? Foi à delegacia, falou não sei o quê e me botou na lista da polícia, como se eu [\*\*\*] Não tenho nada a dizer, não sei de Carlabê, como você já percebeu. E não converso com meganha, entende? Eu conheço as leis da rua. Com isso, decidi que precisava confrontar o bigode. Já era hora. Então o segui na saída do açougue e fui até a casa dele. Até a casinha. A casa também é pequena! Tudo nesse homem tem essa mania diminuta. Menos a arrogância. E a casa, devo dizer, é bem cuidada para o que se espera de um homem como ele. Acredita que antes de sair do açougue ele se empeteca todo? Costuma deixar o estabelecimento às quinze para as sete da noite. Mas uns dez minutos antes some lá para dentro e volta com outra roupa, um sapatênis com cara de novo, relógio no pulso, o cabelo preto molhado e penteado para trás. Você acha que ele pinta? Eu acho que pinta. Depois vai caminhando para casa, dá sete minutos de portão a portão. Isso nos dois dias em que eu vi [serra policorte, inaudível] que muitas outras vezes ele faz uma escala prolongada em um bar que existe no caminho. Nesta região tem um ou dois por quadra, é uma competição dura. Nas duas vezes em que o segui, ele foi direto para casa, não parou. Não parecia preocupado. Saiu de um lugar e entrou no outro com um ar, digamos, tranquilo. Eu fiquei sentada no muro de um estacionamento quase em frente à casinha do entanguido, ele não me viu. Tentei me aproximar, tem uma janela grande que dá para a rua, mas a cortina estava fechada; atrás dela eu vi uma luz azul, provavelmente da TV, e ouvi barulho de panelas. Não ouvi vozes. Você acha que ele amordaçou Carlabê?

*Carta*
*Tomei&enfiei*
*O remédio*
*Eu sozinha sassá não podia ficar falou to pagando o hotel*
*E você abe*
*Uma dor vomitei demais&sangrei pensei é agora a gente*
*Empacota*
*Mas*
*Estamos aqui*

[*áudio 5, cont.*]

É ali, aquela [*serra policorte, motocicleta, inaudível*] a branca, de portão verde-escuro, jardim micho na frente. Apresento-lhe *el palacio del bigodón,* conhecido também como o muquifo do entanguido. É naquela casinha que ele mora. [\*\*\*] Sim, a única da rua. Cercada por prédios imensos, como você está vendo. Mas do jeito que ele é, deve enxergar a casa como companheira dos edifícios, deve achar que ela tem a mesma altura que eles. Venha, sentemos. Sentemos aqui. Tudo que temos que fazer agora é esperar. [\*\*\*] Sim, esperar! Estamos em uma investigação, jovem. Ou não? Uma cortina que se mexe, uma luz piscando, um grito, qualquer sinal. Fiquemos atentos. Difícil mesmo será aguentar o barulho daquela obra ali no fim da quadra. Vai ver Carlabê, se é que ela não está aqui mesmo, fugiu foi deste barulho atordoante. [\*\*\*] Faz três dias. Três dias que ele colocou a polícia na cola dela. E na minha. O parvo. [\*\*\*] Não sei, imagino que no começo da noite. Perdi você de novo. [\*\*\*] Perdi você para esse seu aparelho. [\*\*\*] E você vai lá [*risos*]. Jovem, o que você acha que esse policial [*risos*] que policial é esse afinal? [\*\*\*] Mas ele foi pelo corpo? Ou está no meu prédio? [\*\*\*] Escute, jovem, posso confiar que você não [\*\*\*] Se pensa assim, melhor mesmo você voltar. Vá, vá, foquinha, vá logo. Mas quando não tiver uma história para contar, não chore a saudade desse caderno, não fantasie como teria sido um reencontro com Carlabê e a manchete que poderia ter sido sua. O seu furo, *cariño.* Quando você não encontrar Carlabê, não volte aqui. Você não vai encontrá-la lá, eu avisei. Desde o início. Desde o início. Tchau! [*bate-estacas, martelete, falas indistintas*] Jovem, espere. Espere! Não vá falar com a polícia sobre Carlabê nem sobre mim. Não diga nada a esse policial, hein? *[\*\*\*]* Ora, para não deixar a polícia embananada; vai confundi-los ainda mais!

*Carta*
*Nada abe não saiu nada*
*Positivo de novo*
*Positivo para*

*Carta*
*Gonsa chorou me agarrou abraçou falou agora c toma jeito*
*Cabrita*
*Na hora me deu uma coisa foi você abelardo*
*Virei de costas saí*
*Gonsa veio atrás*
*Pegou a gente pelo braço na rua falou para levar tudo*
*Pra casa*
*Dele*
*Falei ok temos casa cala a boca você vai ser tio*

*Carta*
*Gonsa trouxe pão e suco para eu comer na cama ia sujar tudo*
*Aqui a gente faz eu limpo gonsa vendo TV na sala junta*
*A poeira do ar em tudo   hoje*
*Ele falou de uma faxineira eu preciso descansar ele falou*
*Para eu ficar quieta  aceitei*
*Passei o domingo vendo TV*
*Você fica também abelardo*
*Quieto*

*Carta*
*Eu estava pronta gonsa falou onde você vai eu ué trabalhar ué*
*Ele mandou eu me trocar queria sexo*
*Fizemos ele falou você fica*
*Ele falou você não vai mais precisar de*
*Trabalhar sair respirar poeira*
*Cuida do nosso menino a faxineira já chega*

*Carta*
*Recebi mensagem do ze murrinha*
*Que dia que é gol ir lá*
*Quer pegar geladeira fogão microondas na saramara*
*Vou dar para ele eu não preciso mais*
*Quinta lá   falei*

[*áudio 6*]

Você voltou, eu sabia. [\*\*\*] Fala baixo [\*\*\*] Baixo, jovem. [\*\*\*] Acalme-se [*tosse, tosse*]. Sua cara não está boa, *cariño*. Está cheia de sombras, está assombrosa! Você almoçou? É fome? [\*\*\*] O que afinal o seu policial falou? [\*\*\*] Calma, por favor, baixinho. Eu não consegui comer, esta nossa caçada me tirou o apetite. [\*\*\*] Jovem, em sussurros, não vamos chamar atenção. [\*\*\*] Sim, ele chegou faz uns vinte minutos. [\*\*\*] Veio mais cedo hoje. Talvez venha toda sexta-feira por esse horário. Mas não é suspeito? Eu acho. Passo firme, apesar da idade ele anda bem. O queixo levantado, como se os olhos ficassem abaixo do bigode. Ele é um homem orgulhoso. [*bate-estacas, serra policorte, martelete*] Mas você, jovem, essa expressão... É raiva? Parece raiva. Por que você voltou? [*tosse*] Achei que iria dali direto para a redação. Não tem o que fazer em plena sexta-feira à tarde? [*tosse*] E, afinal, ele ainda estava lá? O defunto? A defunta? [\*\*\*] Meu Deus! [\*\*\*] Quero saber, claro. Por que esse tom? Era ela? [*tosse, tosse*] Era Carlabê?, me diga. Me diga logo, não hesite, não me poupe, *cariño*. Era ela?

*Carta*
*Umas formigas na parede do quarto estão deixando a faxineira*
*Loka*
*Eu ri*

*Carta*
*Do nada pensei sassá deve estar no apartamento*
*Saramara sabe de tudo acabou o mistério*
*Pegar umas coisinhas mandei mensagem tá pelo apê*
*Sassá falou em meia hora*
*Eu falei to indo ela mandou*
*Um coração*
*Me troquei peguei a bolsa peguei o pé do todi*
*Pus no bolso fui para a porta estava trancada abe*
*Aquilo me bateu a faxineira estava*
*Na cozinha limpando a casa fones enfiados no ouvido*
*Eu cutuquei falei você tem a chave ela tirou do bolso*
*Me deu*
*Eu pus o pé na rua o celular tocou era o gonsa*
*Queria saber para onde eu ia com quem eu ia*
*Sozinha eu falei vou pegar umas coisas na sassá*
*Ele falou para eu avisar se fosse sair&com que pessoa*
*Eu não estava*
*Sozinha*
*Ele falou se cuida cabritinha*
*Senti seu cheiro abelardo apertei o pé do todi no bolso*
*Vai-te embora bicho ruim*

*Carta*
*Chegou do açougue   calado&ficou na TV pé para cima*
*Pediu a janta   para eu fazer fiz*
*Sentei depois de lavar   tudo*
*Passou a mão na barriga  na minha     ele quer a criança*


*Você vê ela aqui dentro*
*Abe*
*Abelardo*

*[áudio 6, cont.]*

[\*\*\*] Como é? *[tosse]* Como é o nome? Pois prazer em conhecer, senhor *[serra policorte, inaudível]*. Ou é dona? Hein, jovem? Homem ou mulher? Ah, pouco importa. Pouco importa, e nesse caso o prazer é todo meu, pois se trata de um cadáver. Mal consigo repetir o que você falou. É estrangeiro esse nome? Soa bem estrangeiro, talvez alguém que veio de longe, não resistiu e encontrou seu fim no centro da maior cidade. A polícia disse de onde ele era? Confirmou o nome? Tem certeza? [\*\*\*] E, me diz, macho ou fêmea? [\*\*\*] Veja só, eu sempre disse *[tosse]* que não era Carlabê. [\*\*\*] Não, eu *[serra policorte, buzina, inaudível]* Sinto por você, jovem. Sinto mesmo *[tosse, tosse]*, não era ela, não era Carlabê. Me arrepiei inteira. Você também? [\*\*\*] Não sei, não seria, deixa. [\*\*\*] Não, deixa. [\*\*\*] Não seria de todo mau *[tosse, tosse]* se fosse ela, pelo menos eu a veria de [\*\*\*] Calma, jovem. Inspire, expire… E agora? O que você vai fazer? Acredita em mim finalmente? [\*\*\*] Não estou. Eu não choro *[serra policorte, inaudível]*, é que nessa hora do dia *[motocicleta, buzina, inaudível]*. Escute, em breve preciso voltar ao apartamento. Preciso voltar lá e respirar o aroma dela de novo. A baunilha. O dia vai passando e o que sinto é só um cheiro de podre, jovem. Você sente também? Será a sua raiva? É ela que fede assim? [\*\*\*] Você não me engana. [\*\*\*] Esse cheiro, *cariño*, que raiva, que frustração são essas que você tenta esconder? O policial disse mais alguma coisa? Diga. Você passou horas comigo e te contei coisas incontáveis, impublicáveis. O que é? [\*\*\*] *[risos]* Mas você está *[risos]* cem por cento correto! Como pude me esquecer? O cheiro de podre vem de mim, de dentro da minha bolsa. A carne que comprei no *[tosse, tosse, inaudível]* Meus olhos ardem, os seus não? A tarde cai e a poeira se adensa. Percebe como tudo ganha um tom avermelhado? [\*\*\*] Não finja [*martelete, inaudível*]. Você quer a carne? [\*\*\*] Eu sei, mas você pode dar para alguém. Você não tem bicho de estimação? Um cachorro? [*tosse*] Esse pó, essa areia [*tosse, tosse*]. É assim também no seu bairro? Sabe, não é a poeira só das construções, do chão sendo remexido e perfurado para subir mais um prédio. É também daqueles que estão virando ruína, dos micropedacinhos se soltando da velharia sem manutenção que tem aqui. Outro dia achei uma pedra no meio da rua que nem pedra era. Era um pedaço de cimento bege, sujo de fuligem, parte de alguma fachada que tinha despencado. Eu peguei, lógico, se quiser ver, te convido ao meu museu. Escuta, está ficando frio e eu estou sem casaco. Também por isso preciso voltar ao apartamento. Vou dormir lá hoje, no colchãozinho dela. Na sala. Já fiz meu check-out no hotel. Não era o plano inicial, mas como eu poderia ir embora daqui saindo de um lugar estranho? O ciclo não fechava, entende, uma aflição, em breve [*tosse*], em breve eu vou, sumirei daqui, puf! Num passe de mágica. Ninguém mais vai ter notícia. Por isso mesmo, mais uma razão, é hora. Vou lá, tocar a campainha da casa do [*buzina, inaudível*]. Eu estava aqui me preparando. [\*\*\*] Não, ele não me intimida, não estou nem aí para o que ele pensa. Opiliões, jovem. O-pi-li-ões. Um aracnídeo que vive debaixo da terra, que não faz nada. Só é feio pra burro e cheira mal. Não é engraçado? Que opiliões sejam bichos peludos horríveis e fedidos de oito pernas e opiniões sejam também bichos peludos horrendos e fedidos de oito pernas? [*tosse, tosse*] As opiniões do bigode vêm com aroma de carne podre. Talvez não venha, não venha da carne na minha bolsa. Que bom que você lembrou, eu não teria lembrado. Esse é o cheiro, entende, dele, do bigode. Não quer mesmo levar a carne? Acho que então vou deixar o saco aqui na rua, para algum bicho. Um animal. *[\*\*\*]* Não tenho medo do que ele acha, o bigode fétido. Mas eu preferia não olhar na cara dele, entende? *[tosse, tosse] [alarme veicular]* Você tem essa carinha de anjo, *cariño*, mesmo com raiva. *[tosse, tosse]* Não topa ir lá? Como repórter. Diga quem você é. Vá até lá e arranque a verdade dele. Faça ele te contar, faça ele dizer o que fez com a minha bebê. Vá lá e ouça a voz dela dentro daquela casinha, pedindo socorro, chamando por mim, por nós. Não era dela aquele corpo, você me disse. *[\*\*\*]* Parece até, *cariño [tosse]* que estou chorando. É a poeira *[tosse, tosse]*. Vá lá, encare o bigode. Estarei aqui. *[\*\*\*]* Escute, se você for, abro mais umas páginas do caderno, é justo, você precisa entender *[tosse]* o cenário todo, o contexto. *[\*\*\*]* Mas por que, *cariño*, é tão desigual, entende, essa deferência, a casa, ah, a casa do bigode, o negócio do bigode, desculpe, não queremos incomodar, imagine, eu quero. Eu quero incomodar, ele é tão culpado quanto *[\*\*\*]* Jovem, ele é culpado, você verá. Bata lá na casa dele.

*Carta*
*Fui na sassá nem sabia se ela estava não falei nada com o*
*Gonsalves fodace estava precisando fodace a poeira*
*Passei em frente ao prédio minhas coisinhas pensei*
*Subi*
*O porteiro nem avisa sassá abriu a porta eu não esperava*
*Ela estava lá*
*Desabei a chorar*
*Ela me abraçou pos minha cabeça no colo*
*Eu sei tá na cara você não quer*
*Essa criança ela falou pegou o celular*
*Mandou mensagem depois*
*Me passou um telefone*

*Carta*
*Você tem coragem   é uma pergunta*
*Abe*

*Carta*
*Liguei   de quanto tempo está   a mulher perguntou*
*O preço*
*Irmão*
*Não tem como*

*[áudio 7]*

Você *[tosse]* me achou! Desculpe, jovem *[martelete, bate-estacas]*. Meus olhos estão ardendo, ardendo até a alma. É melhor você ir embora. Não precisa *[tosse, choro]* Não precisa me contar, eu já sei. Entendi a resposta, o entanguido fala altíssimo, nem todo esse ruído conseguiu emudecê-lo, ele não tem classe. Você acha que ele me viu? *[\*\*\*]* E você conseguiu espiar lá dentro? Tem certeza de que ela não está lá, amordaçada, refém? *[bate-estacas, veículos]* Por que você está me olhando desse jeito? Não me olhe assim. Não sou essa do seu olhar, não sou pequena. Não preciso desse sentimento seu. Guarde para os pobres. Para aqueles que não têm casa. Eu tenho e agora, nessa situação, tenho até duas: meu flat, a quilômetros e quilômetros daqui, e o apartamento em seu derradeiro dia com as portas ainda abertas para mim, cravado no centro, no interior profundo da maior cidade da América do Sul *[cantarola]* você... precisa saber... *[\*\*\*]* Eu sei, mas não importa, eu sempre cantei assim, é maior, maior cidade. Essa música nem é da sua época. Melhor *[risos]* melhor é um perigo, jovem, melhor pode ser qualquer uma, qualquer cidade. A subjetividade, *cariño*, é uma temeridade quando sai de casa, quando resolve ir para a rua. Você precisa, você precisa de merda nenhuma. Nem o seu editor nem a sua mãe podem te dizer o que fazer, jovem. Não deixe, não sintonize esse canal, não escute a cidade, a cidade quer lavar a mente, lavar a própria alma, mas a alma não é coletiva, entende? *[\*\*\*]* E daí o silêncio na casa do bigode? O silêncio pode ser ensaiado. Pode ser forçado. Não pode? Pode sim. Pode sim. *[\*\*\*]* Uma semana, eu ouvi. Pensei nisso, o mesmo tempo. Coincide. Coincide com a última mensagem que troquei com *[choro, inaudível]* *[\*\*\*]* Não, eu tenho. Carrego lenços na bolsa, essa é a lição número três, jovem. Sempre carregue lenços, eles limpam lágrimas e todo tipo de sujeira. Mantêm suas mãos imaculadas. As suas ainda me parecem imaculadas. [\*\*\*] E o entanguido confessou sobre o que era a mensagem dela? Falou alguma coisa? Essa parte [tosse, tosse] esse pedaço eu não ouvi, veio uma lufada de poeira, um tapa do vento no meu rosto, foi aí que eu vim para cá. [\*\*\*] Não, ora, não me escondi; eu me protegi. Como você conseguiu [tosse, tosse, ininteligível]. Ele disse? Sobre o que era a mensagem? [\*\*\*] Não, não me interessam as coisinhas dela. Te interessam? [\*\*\*] É um acinte, meu Deus. Veja isso [choro] Você é jovem, mas é capaz de perceber o tamanho do absurdo. O homem já quer se desfazer de tudo que Carlabê juntou ao longo dos anos. Isso não levanta uma suspeita? Não levanta? [\*\*\*] E você acreditou no choro dele? Bandido! [choro] Vá embora, jovem. Vá embora. Não há mais nada aqui. Nada. [\*\*\*] Ah, o caderno [choro] Não vou mais abrir, jovem, por favor [alarme veicular, inaudível].

*Carta*
*O dia todo olhando para essa planta na sala essa planta*
*Ze murrinha cancelou não deu razão*

*Carta*
*Gonsa chegou em casa mais cedo trouxe um vaso com umas*
*Flores pequenas vermelhinhas*
*Para vocês ele disse levei um susto  abe  vocês*
*Depois lembrei ele falou do bebê   da criança*
*Não de você irmão*
*Levantei para por no fogo alguma coisa*
*Para ele comer*
*Ele falou fica quietinha eu pedi comida você vai adorar*
*Adorei mesmo*
*Depois vimos TV gonsalves pediu cafuné*
*Caí no sono o cabelo dele entre os meus dedos*
*Ele me carregou até a cama*
*Acho*

*Carta*
*Zé morrido mandou mensagem mudou a ideia de novo quer*
*As coisas falei com saramara ele pode pegar*
*Amanhã*
*Deu sorte*

*Carta*
*Esperei zé morrido na sassá sem ela*
*Atrasou vinte minutos*
*Tenho pouco tempo gonsa não pode saber*
*Fui ajudar zé morrido falou fica de boa você não*
*Pode ou acha que o homem não contou para todo mundo*
*E você acredita em açougueiro falei*
*Sentei no sofá ze morrido suado para lá e para cá*
*Conseguiu descer*
*Cheiro de carne em todo o lugar me deu embrulho*
*Vacilo*
*Devia ter vendido*
*Para ele*
*Precisamos do dinheiro   abe*

*[áudio 7, cont.]*

Não fantasie. *[\*\*\*] [tosse]* Ora, você não ouviu nada do que eu falei? *[tosse, tosse]* Carlabê *[tosse]* Meu bebê. *[\*\*\*]* Meus olhos ardem, jovem. Claro que sim, é óbvio, eu liguei para lá também. Liguei, mas nem pensei no que iria dizer. O que eu poderia falar? Vocês atenderam uma menina assim e assado? E deu tudo certo? Eles nunca responderiam. O que você é? Um ingênuo, um sonso? Um reporterzinho de merda? O telefone só tocou. Tocou, tocou, tocou. Nenhuma resposta, nenhum *[serra policorte, martelete, inaudível]*. Os toques, o silêncio. Em algum momento dessa ligação, sabe, eu pensei em Carlabê no útero. Ela também ouvindo um toque compassado, seguro. Depois silêncio. Por isso, quando parou de tocar, jovem, na décima segunda vez que liguei, eu liguei doze vezes em horários e dias diferentes, desde então, desde a própria sexta-feira, a última *[serra policorte, inaudível]*, depois que ela não me respondeu quando perguntei se tinha dado tudo certo, depois que o telefone parou de tocar, em cada uma das vezes eu ainda fiquei com o aparelho no ouvido. Ouvindo o silêncio. Esperando ele ser interro *[\*\*\*]* E você agora é quem tosse, jovem. Você agora tosse também! Sim, eu sei o que aconteceu. O telefone, o balcão onde a secretária vestida de branco recebia as pessoas, as cadeiras azuis de encosto murcho: areia. Tudo virou areia *[inaudível, choro]* esse pó que vem nos dar tapas na cara. *[tosse, tosse] [\*\*\*]* Finalmente você tosse. Chegou aos seus pulmões! *[tosse]* Aquela casa não existe mais, jovem, a casa para onde Carlabê foi na sexta passada. O que eu esperava? Enfim, está na hora de você voltar. Volte antes que seus pulmões sofram danos irreversíveis como os meus. Não tenho mais o que dizer, estou velha, amanhã caio na estrada. Para que olhos tão grandes? Não está preparado para o mundo, jovem? É este o mundo.

*Carta*
*Cheguei em casa junto com o gonsa*
*Que blusa é essa ele estava macho*
*Que era dia dos namorados   fodace*
*A blusa*
*Era da saramara a gente tinha passado a tarde juntas*
*Comido um bolo*
*Com as mãos*
*Não tem mais talheres na casa dela não tem mais nada*
*Deixei cair na blusa ela me deu uma dela que estava pra doação*
*É minha mesmo respondi*
*Ele se inflou me pegou no braço rezei para você*
*Não abe não   abelardo*
*Corri para o banheiro ele veio atrás esmurrou a porta*
*Você chegou*

*Carta*
*Meu corpo dói    abelardo sai daqui*
*Você tem ciume da criança    abelardo   responde*
*Tem*
*Chega*

[áudio 7, cont.]

[bate-estacas, veículos, inaudível] se ela jogou o frasco no chão do apartamento [inaudível] se escorregou da mão dela, ela ficou sem perfume [serra policorte, inaudível] acabou o cheiro, como estará o cheiro dela agora? [tosse] Jovem [choro], vá embora, me [bate-estacas, inaudível]. Você não tem compaixão? Sou uma velha, uma velha que estará de volta ao lugar de onde veio, uma velha descartável, retornável, uma velha que regressa, não uma velha que avança. Vou voltar, jovem, agora vou voltar ao meu apartamento. [\*\*\*]
Que caderno? Mas quantas vezes tenho que dizer? Você já leu tudo [\*\*\*] As que não estão corrigidas [risos, choro]. As que não estão corrigidas eu não mostro. [\*\*\*] Porque você não entenderá, jovem. Será incapaz. Desligue, desligue isso aí, chega. Desligue! [abafado]. E agora você está vindo atrás de mim? [\*\*\*] Eu não estou correndo. [\*\*\*] Não estou. Não poderia, jovem, não tenho [tosse] saúde para isso [tosse, tosse]. Só quero voltar, agora chega. [\*\*\*] Me deixe, por favor, me deixe. Vá para a redação! [\*\*\*] Não me interessa, jovem, eu mal te conheço. Mal nos conhecemos [tosse, tosse] [choro]. Vá embora! [\*\*\*] Mas o que deu em você? É claro que não. Nem estou mais com ele. [\*\*\*] Joguei fora. [\*\*\*] Então não acredite, mas a verdade é que não o tenho mais. [\*\*\*] Mas o que é isto? Se encostar em mim, eu grito! Eu grito! [\*\*\*] Jovem [tosse, tosse, tosse], eu não tenho mais nada, o que mais você quer saber? [\*\*\*] Pois a sua pergunta é também a minha. Igual. E Carlabê? Como posso responder? [choro] Eu não sei, eu não estava lá, jovem, eu não [serra policorte, inaudível], eu preferi não [inaudível] e me pareceu muita gente, eu, ela, Abelardo, a criança, então eu disse que não precisava, que daria tudo [inaudível] como tinha dado para mim, quanto

menos gente, menos pinta, faz *[inaudível]*. Eu já tinha dado uma ajuda, sabe, eu dei um *[serra policorte, inaudível]* por ela, por uma nova vida para ela. Jovem, você guardou mesmo o gravador? Não fez nenhum truque, certo? *[tosse]* Eu não te perdoaria. Entenda, isto não é algo sobre o que se fala. Psiu! Fazer um *[martelete, inaudível]*. Imagina, jovem, eu te dizer com todas as letras que Carlabê saiu daqui na sexta para fazer um *[serra policorte, inaudível]*, imagina, tirar a *[inaudível]* Carlabê e eu, as *[inaudível]* seremos queimadas na fogueira, as duas, as duas abraçadas e *[inaudível]* pelo menos abraçadas *[choro]*. Sabe, eu poderia até ser *[inaudível]*, entende, ir para o xadrez, porque colaborei, eu colaborei, ajudei Carlabê a cuidar *[choro, ininteligível]* não consigo *[choro]* não posso ver *[inaudível]* você entende *[bate-estacas, martelete, serra policorte, inaudível]* o inferno, o inferno! Que barulho dos infernos! Vamos sair daqui, jovem, eu vou sair. *[choro]* Só penso *[bate-estacas, martelete, inaudível]* naquela imagem. *[\*\*\*]* Naquela que te falei, Carlabê dentro do carro depois de subir a avenida debaixo do sol, o fôlego faltando, tudo pesando, ela no carro, acomodada. Os braços soltos ao lado do *[ruído não identificado, inaudível]* Ela sentindo o cheiro do couro dos bancos, depois uma pontada de otimismo, vai dar tudo certo! A mulher sentada no banco da frente não diz nada, só comanda o motorista, um taxista. Carlabê segue viagem, os joelhos suando, um encostado no outro. E um pouco mais à frente ela se encolhe como se estivesse cruzando uma fronteira, escapando de um país em guerra. Olha para *[serra policorte, inaudível]*, vê a nuvem de pó vermelho ficando para trás. Tinha ligado na véspera e deu sorte *[risos, choro]*, conseguiu um horário. Era urgente, e uma urgência era mais caro. Eu ajudei. Por que não ajudaria? Você não ajudaria? *[choro]* Carlabê só queria resolver. Seguir em frente. Não sabia nada sobre o procedimento, sobre isso não conversamos. *[\*\*\*]* Porque não se fala *[tosse]* Não me julgue, jovem. E ela foi, entende? Que eles fizessem o que fosse preciso, depois ela sairia ou *[serra policorte, inaudível]* iria à birosca de carnes e poderia dizer ao entanguido que tudo tinha acabado. Então ela *[tosse, tosse]* recomeçaria, sentiria o sol bater gostoso em seu rosto em um dia frio. Começaria uma nova vida. Claro, com um problema ainda. Em que casa? *[ruído não identificado, inaudível]* pensasse em procurar aquela minha conhecida, ela ainda não tinha dito à mulher que havia desistido da vaga, não tinha dado qualquer explicação ou sinal. Carlabê não pensava em complicações, não em mais delas, não, não, daria tudo certo. Ela não lia jornais. E, se lesse, o que encontraria neles de útil? Alguma orientação? *[inaudível] [tosse, tosse]* decidiu e foi. Não nos falamos mais, ela não me respondeu. Pode ser, por que não? *[choro]* Pode ser que tenha dado tudo certo. Se não há um *[tosse, tosse, inaudível]* Agora você pode ir? Não tenho mais *[tosse]* não tenho mais o que dizer *[choro][portão de garagem, falas indistintas, veículos].*

*Carta*
*Saramara deu*
*A grana*

*Carta*
*Marcado vc venceu abe*
*Eh amanha*

[*áudio 8*]

Gravando? Pois vamos [*tosse, tosse*]. [*\*\*\**] Obrigada. Depois de tudo, Carlabê se levantou e sentiu o ar entrar em seus pulmões. Era um ar puro, entende? Um ar como ela nunca tinha respirado. [*tosse*] Desconfiou que tinha um novo corpo, uma cidade nova. Tão enlevada estava com a experiência, que saiu da primeira sala e da segunda sem dizer nada a ninguém. Parou em frente ao portão de metal que dava para a calçada e, depois de ouvir o estalo indicando que havia sido destravado, empurrou-o com solenidade. Ela respeitava o silêncio [*buzina, inaudível*] e achou a rua muito calma. Saiu andando, jovem [*motocicleta, inaudível*], sem notar os próprios passos, ainda zumbi. Ouvia apenas a própria respiração. Vagueou pelo bairro, não sabia o nome dele e não se importava em não saber. Logo à frente, viu uma praça. Diferente, jovem, bem diferente dessas aqui. Era menor, com mais árvores, um chão claro e arbustos bem aparados. Nenhum lixo espalhado. Carlabê foi caminhando para lá, o corpo engolindo o ar, o ar enchendo seus pulmões, fazendo o cérebro processar os muitos pensamentos que lhe vinham. [*tosse, tosse*] Uma solução para cada problema, clarividência. Um cheiro úmido de plantas. Viu uma árvore enorme com a copa coberta de flores cor-de-rosa, uma árvore comum, com um banco embaixo. Crianças brincavam no parque ao lado. Carlabê olhou para elas, e uma das mães, ao vê-la, sorriu. Carlabê sorriu também. Pôs a mão no bolso, encontrou dinheiro. Compraria pipoca e esperaria ali. Um cachorro peludo se aproximou [*inaudível*] aninhou a seus pés por alguns minutos, não chegou a dar uma hora. E então, jovem, então, preste atenção nesta parte, quando ela se levantou para ir embora viu uma senhora atravessando a rua e um carro indo na direção dela. Carlabê gritou um pare tão alto que toda a praça obedeceu. O carro também. E nenhum acidente aconteceu. Ela seguiu, entrou em uma casa lotérica e comprou aquele que seria, que será, tenho fé, um bilhete premiado, um dinheiro gordo que ela receberá em breve. Enquanto isso, ela aguarda deitada em uma rede instalada em uma varanda lá no bairro para onde ela foi e de onde nunca mais voltou. *[tosse, tosse, tosse]* Você ainda está aí, jovem? Espere, *cariño*, anote aí. Daqui a duas semanas, o chão deste centro tremerá. De leve, mas dará para sentir. Calçadas, ruas, praças, parques, tudo tremelicará um pouco e só o que é frágil cairá: um boné esquecido no banco ao lado da igreja, os cosméticos mal empilhados nas lojinhas de bugigangas, algumas laranjas entre as que lotam a cesta da lanchonete da esquina. As carnes se balançarão nos ganchos. Um vento morno virá, feito vento de praia. Vento de praia chegando aqui! Então, o pó, uma nuvem desse pó vermelho, esse urucum, se levantará do chão, do térreo de cada prédio, do pátio dos estacionamentos, e subirá unido e, como um ser único e raivoso, começará a girar e a girar em torno de si, fazendo um redemoinho enorme, um quase furacão, este, sim, inédito por estas bandas. Ele se moverá até a esquina, percorrerá dois blocos, dobrará à direita, depois à esquerda. Seguirá em frente, derrubará galhos, levantará saias, quebrará guarda-chuvas, sacudirá carros e placas de restaurante. As pessoas correrão à procura de abrigo, entrarão na loja mais próxima... Sonho? Necessidade? Sobrevivência, *cariño*. *[tosse, tosse]* Sobrevivência. Só alguns metros adiante o redemoinho irá perder força pouco a pouco. E quando a poeira baixar, é que se verá. Ali está ela, Carlabê. Alegre feito um saci, ela está sorrindo. De calça jeans, tênis *[buzina, inaudível]*, uma blusa vermelha com pintinhas pretas, peças de roupas que cansei de ver nela. Cansamos, eu e este bairro. O branco de seus dentes brilha. Ela me vê no bar e acena. Atravessa a rua sem olhar, ela conhece a rua, esta rua é dela. Senta-se comigo no bar como nunca se sentou, deixa os braços largados ao lado do corpo e até bebe. Pede um drinque com a pronúncia perfeita e bebe comigo, se entrega. Falamos muito sobre a infância dela, ela me conta com todas as palavras, e eu falo da minha. Fazemos um brinde em nome da nossa conexão, que nunca acabará, da nossa história, dos dias que passamos juntas, envelhecendo no centro da maior cidade. Ela diz que tem uma nova casa, que é magnífica e enorme, completa. Já conheceu algo magnífico, jovem? Teve essa sorte? Depois eu a convido para ir me visitar em Minas, digo que será uma viagem esplendorosa, e ela aceita [tosse] [risos]. Posso brindar com você também, jovem. Quer? Agora podemos. Para onde vamos? [risos] Esses seus olhos... [tosse, tosse] Vejo neles que a raiva passou. Olhe, jovem, ali. Em algum lugar na quadra de trás, um ônibus está parando. Escute! Ouça com atenção: as juntas e as molas dele estão mais cansadas que as minhas. Um moleque que entregava frutas no mercado se põe na ponta dos pés para olhar. O dono da banca de jornais também. E o velho na janela do predico em frente. Você vê? Eu vejo. Eles esperam que muitos passageiros desembarquem, mas somente ela desce, o meu bebê. Carlabê volta a este centro. Ela para no degrau mais alto, está de óculos escuros grandes, enormes em seu rosto pequeno. Está renovada, ainda mais jovem, nenhuma marca na pele. Está maravilhosa. É maravilhosa! Formidável! Alta, fornida de carnes, um vento bate em seu cabelo e ele balança um pouco. Não está preso como sempre, mas um lenço ajuda a manter os fios organizados. É ela, Carlabê, mas também é Tieta, voltando a Santana do Agreste. Desce as escadas devagar, firme em seu salto, ela sabe que a cada passo seu o universo inteiro se movimenta. Segue devagar, se afasta, não é possível saber aonde ela vai. Suas intenções não contaminam seus gestos, seus passos. Deixa para trás o armário de rua que se faz de loja de cosméticos, o banco e seus cofres para bolsas a céu aberto, o ambulante que pendurou suas ambulices em um carrinho de supermercado, a mulher vestida como capa de revista puxando um cachorro pequeno. Carlabê vê, de soslaio, que essa mulher se vira para mirá-la, para medi-la. Quem é essa que desceu do ônibus?, pergunta-se o bairro em uníssono. Carlabê não ouve, não pode mais ouvir o bairro, segue inabalada, ultrapassa a velha que pergunta ao senhor branquíssimo na porta do prédio: e ela está bem? E ainda o escuta responder: está sim, se mudou há anos. Dá as costas para a lanchonete onde às vezes comia quibes, sente nojo do cheiro. Dobra a esquina. Passa pela loja que vende roupas de bebê, passa pela lan house e então se detém em frente ao açougue. A velha casa de carnes não é mais a mesma. Não está mais lá, entenda, jovem. Há ali um açougue, mas ele tem o chão limpíssimo, pé-direito alto, os funcionários usam toucas novas e aventais brancos. A vitrine foi ampliada e agora fica à direita, onde antes havia o caixa. É outro, ninguém o reconhece! Já ouviu esse belíssimo poema, jovem? A vida é um poema. Um poema triste. Pois no *new* açougue não há Gonçalves, não há o outro fulano, não há o sicrano de antes, ninguém. Carlabê sorri sem desgrudar os lábios. Não vai entrar. Nunca mais entrará ali. *[serra policorte, bate-estacas, martelete, veículos, sirene]* Escuta, estava aqui pensando... Você é mesmo jornalista?

# Agradecimentos

Às preciosas amigas do Senta, as primeiras a ouvir as degravações de Saramara e a ler o caderno de Carlabê: Silvana Tavano, Gabriela Aguerre, Lívia Lakomy, Ananda Rubinstein, Deborah Brum, Ingrid Fagundez, Claudia Abeling, Claudia Castanho, Malu Corrêa, Marina Lupinetti, Tatiana Eskenazi e Márcia Fortunato; aos amigos e leitores atentos Alexandre Amaro e Roberto Taddei; ao Elcir, por ter me oferecido cadeira, água e rotina em seu açougue no centro de São Paulo; ao meu irmão Júlio, pela consultoria; às queridas editoras Stéphanie Roque e Lara Salgado, ao Willian Vieira e à Ciça Caropeso; à Júlia Bussius; à Bernardine Evaristo e à Noemi Jaffe; aos amigos incentivadores, em especial, Patrícia Junqueira e Daniel Buarque; à querida escritora Edna Vieira; à Dona Myriam, que me deu um poema; ao Afonso Borges; à Heloísa Telles; a Cristina e Gustavo; a meus pais Fátima e Júlio e aos meus amores e loucura de todo dia Gabriel, Marina e Helena.

ESTA OBRA FOI COMPOSTA PELA SPRESS EM ELECTRA
E IMPRESSA EM OFSETE PELA GRÁFICA PAYM SOBRE PAPEL PÓLEN NATURAL
DA SUZANO S.A. PARA A EDITORA SCHWARCZ EM ABRIL DE 2024.

A marca FSC® é a garantia de que a madeira utilizada na fabricação do papel deste livro provém de florestas que foram gerenciadas de maneira ambientalmente correta, socialmente justa e economicamente viável, além de outras fontes de origem controlada.